Aquário negro

Aquário negro

Contos

Frei Betto

AGIR

Preparação de originais
Maria Helena Guimarães Pereira

Capa
Simone Villas-Boas

Foto de capa
© TheSupe87/Fotolia

Copidesque
Taís Facina

Revisão
Argemiro de Figueiredo

Produção editorial
Paulo Cesar Veiga

CIP-Brasil. Catalogação-na-fonte
Sindicato Nacional dos Editores de Livros, RJ.

B466a Betto, Frei, 1944-
Aquário negro / Frei Betto. - Rio de Janeiro : Agir, 2009.

Inclui bibliografia
ISBN 978-85-220-0924-4

1. Conto brasileiro. I. Título.

09-3232. CDD: 869.98
CDU: 869.134.3(81)-8

Texto estabelecido segundo o Acordo Ortográfico da Língua Portuguesa de 1990, em vigor no Brasil desde 2009.

R. Nova Jerusalém, 345 – Bonsucesso
Rio de Janeiro – RJ – CEP: 21042-235
Tel.: (21)3882-8200 – Fax: (21)3882-8212/8313
www.ediouro.com.br

Este livro é dedicado a quantos jovens
brasileiros abrem o coração a uma
semente que se espalha pelo peito, cresce
pelo pescoço adentro, sobe pela garganta,
ocupa a boca, passa pelas narinas,
atravessa os olhos e atinge a cabeça,
onde se abre em flores e frutos.

A Maria Valéria Vasconcelos Rezende,
Maria Christina de Assis Fonseca
e Ricardo Gontijo.

Me tira desta areia, ó Espírito,
redime estas palavras do seu pó.
No país tropical grassa duro inverno.
Estou com meias, paletó e ânsias.

Adélia Prado
O coração disparado

Sumário

Aquário negro

Havia, ao menos, duzentos jornalistas, vinte correspondentes estrangeiros, um cubano credenciado pela *France Press*, oito emissoras de TV, três cinegrafistas e, lá fora, dez mil pessoas contidas por cordões de isolamento. Bombeiros, guardas civis, policiais militares, Exército e Aeronáutica patrulhavam a área. Cinquenta atiradores distribuíam-se por sacadas e telhados da Secretaria de Segurança Pública. Policiais, repórteres e convidados misturavam-se, apertados, no salão nobre do prédio. Ao fundo, uma tela, em aquarela, de *Curral del Rey* à época de sua fundação, sob a qual se encontrava, de pé, num estrado de madeira, o alvo de todas as atenções: um garoto de doze anos, algemado e, nos olhos, uma tarja preta.

"Como foi, Sabará, diga como tudo começou", falou o chefe da Agência Meridional, enquanto o garoto sentia o corpo aquecido pelos focos de luz e pensava que iriam fuzilá-lo ali mesmo. Esperava que as balas penetrassem em sua pele, ardessem em sua carne, perfurassem os órgãos internos, varassem os ossos, espatifassem o coração, queimassem o cérebro, e quis ganhar tempo com as coisas que eles queriam ouvir a seu respeito.

Uma lembrança brotou em sua cabeça; a partir dela, começou a falar que era uma sala branca e eu vinha de um túnel escuro onde me encontrava bem protegido como podemos estar protegidos num quarto que não tem portas nem janelas, pois abriram o túnel pelo teto, arrancaram-me lá de dentro como se puxa um peixe do mar e, atrás de mim, veio uma calda viscosa e eu trazia a linha de pescar presa à barriga, sentia-me como um peixe de mangue fisgado num aquário negro. Ao subir à tona, uma luz forte incendiou os meus olhos, tentei levar as mãos aos olhos mas elas não alcançavam, meus braços eram muito curtos, e senti que alguém deu um soco em minhas costas, comecei a chorar e o ar entrava pela minha boca, saía pelo meu nariz, entrava pelo meu nariz, saía pela minha boca, entrava e saía pela minha boca e pelo meu nariz e comecei a gostar daquilo, mas mergulharam-me numa bacia com um líquido diferente do que eu conheci quando ainda era peixe dentro do túnel escuro, senti muito frio, o que fez aumentar a dor provocada pelo soco nas costas, só não morri afogado porque o anzol e a linha estavam presos à minha barriga e, do outro lado, alguém segurava a outra ponta. Isso foi só um minuto; depois vieram com uma tesoura e cortaram a linha e afundaram o anzol em minha barriga, passaram óleo em meu corpo, jogaram sobre mim uma poeira branca perfumada que entupiu minhas narinas e enrolaram uma faixa apertada, de pano, em torno do meu tronco, de modo que fiquei sozinho e preso, sem conseguir saber nada, porque essas coisas que estou contando agora só apareceram muito depois em minha cabeça e até hoje não sei por que sempre me tiram do aquário negro para me jogarem de novo no túnel escuro.

O correspondente do *New York Times* tentou interromper a sequência dos fatos, a fim de saber como Sabará praticou o hediondo atentado que matou mais de quinhentas pessoas. Com a calma dos condenados à morte, Sabará continuou contando que, depois, vi o dia em que meu pai chegou no barraco em que a gente morava, atrás da pedreira Prado Lopes, e ficou muito calado, com a cabeça baixa, fazendo um silêncio danado, sentado perto do fogão, até que falou com minha mãe que havia sido despedido do emprego, mas ela não precisava ficar preocupada porque ele iria receber uma indenização e o dinheiro daria para vivermos até o novo emprego, que não aparecia nunca, meu pai andando o dia todo pelas ruas, ouvindo não tem, passa amanhã, quem sabe na próxima semana, aqui a gente não emprega preto, e chegava em casa fedendo a cachaça, berrava com minha mãe porque a comida era pouca, sem mistura, só um punhado de feijão com farinha, e ela dizia que ele estava bebendo a indenização que nem tinha recebido, não deixa dinheiro para eu fazer as compras, quem mandou ficar escolhendo serviço, faz um biscate qualquer, e ele gritava não quero ouvir seus sermões nem comer essa porcaria, estou cansado de tanto procurar trabalho, lá no sindicato ninguém me dá atenção, quanto mais ajuda; acabo bancando o louco para ficar por conta da Previdência Social, mas se Deus quiser a Justiça não tarda, e minha mãe chorava ao escutar essas coisas, eu chorava ao ver minha mãe chorar e meu pai virava o prato na mesa, avançava sobre minha mãe, batia nela, esfregava a cara dela na farinha com feijão, punha-me do lado de fora da casa para que eu não visse a surra que ele dava nela e eu ficava gemendo de desespero por causa da merda de vida que a gente vivia.

O repórter do *Jornal do Brasil* cortou a narrativa para indagar como foi que seu pai morreu. Sabará falou que, um dia, pela beirada da noite, a velha Hosana saiu gritando pelo morro afora que eles estão subindo, prepare-se minha gente, estão dizendo que um rapaz aqui do morro esfaqueou um doutor lá na cidade, e foi só chegar na porta do barraco para ver uns cães quase do tamanho dos cavalos em que eles estavam montados, tudo com pelo escovado, os cães latindo fogo pelos dentes afiados e, atrás, as botas negras carregando cassetetes do tamanho de mastro de bandeira, nos braços, um ferro da cor das botas que, quando abria a boca, tremia todo e cuspia labaredas que matavam nossas galinhas, gatos, cachorros, e o porquinho que a velha Hosana engordava para vender no Natal, e picotava as tábuas dos barracos, onde eles entravam derrubando portas, quebrando janelas, revirando armários, rasgando colchões, arrastando os homens pelas ladeiras do morro, mordidos pelos cães, amarrados nos estribos das selas, e entraram em nossa casa, arrancaram lá de dentro meu pai, que, bêbado, começou a gritar não quero ir para a guerra, acredito que a Justiça vai abrir suas asas sobre nós, tenho mulher e filho para sustentar, não sou cachorro para receber ordens de polícia, o que lhe valeu uma chuva de pancadaria muito pior do que a que ele dava em minha mãe, e o tenente perguntou se ele tinha documentos, ele cuspiu uma rosa de sangue e respondeu tenho sim senhor e, arrastando-se como uma cobra pela poeira, foi buscar o plástico com os papéis que ele guardava dentro do travesseiro, a roupa emplastada de sangue nas feridas abertas, e entregou tudo ao tenente que pegou os papéis, tirou do plástico, segurou tudo com a mão esquerda e, com a direita, acendeu o isqueiro e queimou todos os documentos sob o olhar desesperado de meu pai, caído no chão, que chorava como eu chorava. O tenente disse você tinha mas agora não tem mais e quem não tem documentos é malandro e malandro vai para o pau, de modo que levaram meu pai para um lugar que ninguém sabia onde era, pois minha mãe ficou com as pernas inchadas de andar a cidade toda, foi de quartel em quartel, de delegacia em delegacia, até o dia em que a velha Hosana foi lá em casa, falou baixinho com minha mãe, que começou a chorar, a velha Hosana também chorava, uma abraçada à outra, e fomos lá ver meu pai guardado numa geladeira escura, com o corpo picotado igual às tábuas do nosso barraco, e ele fazia um silêncio danado.

Nenhum foco de luz sobre o garoto acusado de assassinar de uma só vez mais de quinhentas pessoas e de causar um prejuízo material superior a US$ 2 milhões. Tudo quieto. Só olhos, oitocentos olhos fixos em Sabará, que trazia os olhos cobertos por uma tarja preta, mas continuou a dizer que fiquei com medo de cair naquele silêncio danado e me lembrei de meu pai falando que a Justiça não tardaria, senti uma força dentro de mim como água quente que solta fumaça, prometi a mim mesmo que ia ficar bonzinho para esperar a Justiça e arranjei um amigo, Bisnaga, um cachorro vira-lata, cheio de pereba no corpo, fedorento como o diabo, mas muito bom amigo, com quem eu falava como seria o dia em que a Justiça chegasse, minha casa vai ser de tijolo e ter piscina, minha mãe vai ficar bonita como essas mulheres que aparecem nas revistas, vou crescer e ter carro, essas coisas eu dizia a Bisnaga, que dormia comigo e comia da mesma farinha e do mesmo feijão, e ele me dizia que tinha orgulho de ser vira-lata e que, quando viesse a Justiça, os vira-latas iam tomar conta do mundo e nós trocávamos essas ideias vendo minha mãe dormir o dia todo, até o fim da tarde, quando acordava, fazia a nossa comida e ficava duas, três, cinco horas – porque era um tempo enorme – em frente do pedaço de espelho que havia no barraco e, de feia, minha mãe ia ficando bonita, toda colorida, a boca vermelha, o rosto rosado, os olhos azuis, o cabelo liso, a roupa brilhante como um parque de diversões. Bisnaga latia alegre e eu ficava muito feliz por ver minha mãe parecida com as moças das revistas e gostava de vê-la sair para trabalhar à noite, todas as noites, pois sempre trazia para mim um doce, um pedaço de bolo, um sanduíche de queijo, um guaraná, e deixava ao lado de minha cama, visto que, quando eu acordava, ela já estava dormindo e eu saía com Bisnaga pelo morro e íamos para o alto da pedreira Prado Lopes assistir às explosões de dinamite que jogavam pedras por todos os lados, eu tapava os ouvidos por causa do barulho e ficava brincando até a hora de voltar para casa e ver minha mãe virar fada colorida.

Você nunca teve vergonha de sua mãe, indagou o correspondente de *O Globo*, como quem procura analisar os antecedentes de um criminoso precoce. Vergonha não tive não, tive foi fome, porque quase não havia comida lá em casa, minha cabeça doía muito, dava um vazio sofrido na barriga, como se o anzol que eles deixaram lá dentro estivesse espetando, de modo que eu descia o morro com Bisnaga e ia para a feira da Lagoinha ganhar uns trocados carregando as sacolas das donas, subindo ladeira com aquele peso todo que era um tanto de comida que eu pensava que nunca ia ter na vida e as patroas gritavam toma cuidado com essas frutas, menino, anda mais depressa, vê se não arrasta a sacola no chão, entra aí pela porta da cozinha. Depois eu voltava para a feira para ajudar a desarmar as barracas e catava no lixo tomate amassado, mamão amadurecido demais, talo de couve para fazer sopa, batata manchada de preto, laranja de casca mole, enquanto Bisnaga comia cabeças de peixe, muxiba de carne e mordia uns ossinhos que encontrava por ali, até que um dia, os carros compridos que gritam alto pararam nas bocas das ruas da feira e vieram uns guardas para cima da gente, tentei correr mas um verdureiro agarrou-me e os guardas me levaram para o carro grande que era um aquário negro, porque lá dentro eu não enxergava nada, só ouvia o barulho do grito muito alto correndo pelas ruas e fiz daquele grito o meu grito, mas as pessoas não me socorriam e, do lado de fora, não viam o que se passava no aquário negro, como no aquário negro eu não via o que se passava do lado de fora, só o grito dentro e fora, eu sem poder fazer nada, as pessoas também sem poderem fazer nada, até que, de repente, abriram a tampa do aquário e, de novo, a luz forte cegou os meus olhos, mas meus braços já não eram curtos, de modo que pus as mãos sobre os olhos e fui vendo, aos poucos, o túnel escuro que se abria à minha frente e que me foi engolindo como quem chupa uma tira de queijo derretido. Lá dentro, fiquei pensando em Bisnaga, que devia estar me procurando na rua, como ele estaria triste e sozinho; depois, pensei em minha mãe que estava dormindo e acordaria sem se preocupar, pois era comum ela sair antes que eu chegasse em casa, só quando voltasse na manhã seguinte é que ela daria pela minha falta e começaria a sofrer como Bisnaga deveria estar sofrendo, contudo eu não estava sofrendo, porque confiava na Justiça e já conhecia o túnel escuro cheio de lanças de ferro que cercavam o meu corpo, retorciam em minha cabeça e em meu estômago.

O enviado especial do *Le Monde* quis saber por que Sabará havia sido preso, mas ele deu a impressão de não ter ouvido a pergunta e disse que, dentro desse corredor escuro dividido por barras de ferro havia outros garotos, os mais fortes batiam nos mais fracos por causa de um pouco mais da sopa rala que nos serviam ou do pão que vinha de manhã com uma concha de café para cada um, até que, uma tarde, vieram uns policiais e disseram que iam levar-me para o Palácio da Justiça e meu pai tocou em meu coração, fiquei todo feliz pela oportunidade de conhecer a casa em que a Justiça morava e agradeci a Deus por isso. Fui levado de carro até lá, um prédio enorme, de muitos andares, todo em mármore preto, vidros escuros contra o sol, igual a um imenso aquário negro, o maior que vi em toda a minha vida, e havia guardas armados por todos os lados, elevadores de aço, corredores famintos, gente como formiga, e levaram-me para uma sala onde um sujeito bravo perguntou o que eu tinha feito na manhã do dia anterior à prisão, falei que estava no morro mas ele não acreditou e mandou entrar uma senhora que ficou me olhando e falou apenas é ele mesmo; então, o sujeito bravo pediu que ela saísse e deu-me um chute que fez girar o mundo em minha barriga, o anzol rasgando lá dentro, e berrou confessa que você matou um velho no bairro de Lourdes, essa vizinha viu você sair da casa, se não confessar morre aqui mesmo, falei que não, não fui eu, nunca roubei casa de ninguém nem matei ninguém até aquele dia, mas não pude continuar porque fui jogado no aquário negro e um trem elétrico atravessou o meu corpo, da cabeça aos pés, como se passasse por uma ponte sem nunca acabar de passar pela ponte e eu dançava como uma serpente envenenada e, ao cair da ponte, mergulhei num rio caudaloso, pastoso, todo vermelho, fui sendo levado pela correnteza que me atirou de encontro às pedras, partindo os dentes que eu cuspia como se uma garrafa de Coca-Cola tivesse quebrado dentro de minha boca e, ao cair na cachoeira, tudo despedaçou dentro de mim, cuspi pedaços do pulmão, do estômago, do fígado, dos intestinos, até que voltei para o lugar escuro e protegido onde nasci e, lá, fiquei dormindo como vi meu pai dormindo dentro da geladeira, sob um silêncio danado.

Quando acordei, tudo era branco à minha volta: homens de branco, mulheres de branco, lençóis brancos, paredes brancas, um silêncio branco, as senhoras da Liga de Defesa do Menor que traziam na boca um sorriso branco e disseram que tinham vindo me salvar e que eu não precisava ficar com medo, podia confiar nelas, e fizeram entrar no quarto branco uma mulher toda colorida que era a minha mãe, a gente se abraçou e se beijou um século de saudade. Perguntei pelo Bisnaga, fazendo-a ficar triste porque nunca mais tinha visto o meu cachorro, o que também me fez ficar chateado, mas ela tirou um pequeno embrulho da bolsa, eram cocadas que a velha Hosana tinha feito para mim, com muito amendoim e açúcar, e soube que a Liga já havia arrumado um lugar para eu trabalhar, desde que eu fosse toda semana lá no Palácio da Justiça assinar um livro, e era o que eu mais queria, ir naquele palácio, de modo que fiquei muito feliz porque ia ganhar a vida, poder tirar minha mãe do trabalho que ela fazia e deixá-la descansar um pouco, foi então que me puseram como carregador num supermercado do bairro das Mangabeiras, porque era o que eu sabia fazer. Todos os dias, o dia inteiro, eu carregava os pacotes cheios de comida para os carros das madames e elas reclamavam quando o pacote rasgava um pedaço e diziam preto não sabe mesmo trabalhar, vê se não põe essa mão suja no carro, embrulha isso direito, mas sempre me davam uns trocados que era o que eu ganhava, porque o gerente não pagava salário, tudo dependia da boa vontade dos fregueses e havia umas donas que só contratavam serviço dos garotos brancos porque não queriam saber de bafo de preto na comida que elas compravam. Essas coisas apertavam dentro de mim como se o meu peito retorcesse como ferro, vinha uma ardência nos olhos afogados em lágrimas e a vontade de sumir, achar um canto escuro onde eu pudesse ficar bem longe ou, então, encontrar logo a Justiça, que passei a procurar cada vez que ia lá no palácio assinar o livro, mas nunca me diziam onde ela ficava ali dentro, de modo que continuei no trabalho até o dia em que houve um roubo na seção de frios, o gerente chamou a polícia e eu era o único empregado que já tinha sido preso, pensaram logo que eu era o ladrão, pedi para falar com a Justiça, falei que não sabia de nada e nem tinha nada a ver, mas levaram-me para o galpão de estoques que era como um túnel escuro e fizeram-me rodar numa roleta de tábuas com pregos nas pontas e minha pele abriu-se como se fosse um novelo de lã vermelha desfazendo-se em todas as direções e meu corpo virou um chafariz que jorrava fios de sangue por todos os lados, até que uma tropa de cem cavalos veio sobre mim e quatrocentas patas fizeram de mim um tapete em seu caminho e desmaiei ouvindo toques de clarim, latidos de cães e o rufar acelerado de tambores.

O repórter da *Folha de S. Paulo* perguntou se o ódio que levaria você a matar tanta gente não teria nascido nessa época, mas Sabará se encontrava possuído pelo próprio relato, acrescentando que, depois disso, é que fiquei trabalhando como manobrista de caminhões no pátio da pedreira Prado Lopes, pois mesmo sendo menor e não tendo licença para dirigir, ali dentro não havia problemas, eu sabia dar conta do recado, fiquei ajudando minha mãe que estava morando no barraco da velha Hosana e passei a sentir que a coisa que eu procurava todas as vezes que ia assinar o livro no palácio era uma coisa que também existia dentro de mim, como o anzol no fundo da barriga, e eu dormia com ela, sonhava com ela, acordava com ela, comia com ela, ela era eu e eu era ela, parecia um presente que meu pai havia mandado lá do outro mundo e se ela saísse de mim eu saía de mim mesmo e nada deste mundo poderia arrancá-la de mim. Todas as vezes que eu ia ao Palácio da Justiça ficava à procura dela e imaginava um jeito de vencer tantas barreiras, tantos guardas e tantas portas e falar com ela, contar as coisas que a gente sofre, pedir a ela para olhar um pouco para os pobres, para a minha mãe e para a velha Hosana. E saí procurando-a por toda parte, perguntei ao porteiro mas ele riu na minha cara, indaguei à faxineira do oitavo andar e ela riu e não quis dizer, insisti com o ascensorista e ele fingiu que não escutou, parecia que todos estavam proibidos de falar e toda semana eu ia lá para assinar o tal livro do crime que não cometi e procurava andar por andar, entrava em todas as salas, por todo lado andei perguntando como poderia encontrá-la e ninguém me respondia, como se a quisessem só para eles, e punham-me para fora, mas eu voltava e rodava o prédio todo, fui ao restaurante dos juízes, ao salão dos desembargadores, ao clube dos escrivães, ao almoxarifado, à casa de máquina dos elevadores, à sala escura lá debaixo, onde guardavam os presos. Rodei o prédio por mais de cinco meses e nada de encontrá-la. Achei, então, que ela não morava mais ali dentro e que as pessoas que ali estavam tinham posto ela para fora, tomando o lugar dela e isso me deixou muito revoltado, fez a água quente ferver dentro de mim. Foi então que fiquei esperando a oportunidade de fazer o que acabei fazendo, sendo que ela surgiu na tarde em que fui com o motorista buscar um carregamento de dinamite lá para os lados da Gameleira, ajeitei as espoletas nos caixotes, trancei os pavios e, enquanto o motorista resolvia umas coisas dentro do escritório da firma, saí com o caminhão, desci a Avenida Amazonas vendo meu pai dando-me muita força lá do céu, subi a Avenida Bias Fortes pensando no orgulho vira-lata de Bisnaga, cheguei à praça florida como minha mãe e entrei com o caminhão pela garagem adentro do Palácio da Justiça, sem que os guardas me barrassem, acho que eles pensaram que era o caminhão das obras de reforma do quinto andar, estacionei bem no subsolo, subi na carroceria, acendi os pavios e saí correndo para o meio da praça e, de lá, ouvi o estrondo de mil trovões encurralados no ventre da terra e vi o aquário negro estremecer de alto a baixo, ficar vermelho como carvão em brasa para, em seguida, explodir, despindo-se de suas paredes de mármore, cego de seus olhos de vidro, tudo voando pelos ares em meio a uma fumaça que parecia um cogumelo, as labaredas comendo o entulho, a poeira solta espalhando-se como um furacão que se desmancha, a tarde cobrindo-se da fuligem que ardia em meus olhos, enquanto eu sentia um branco bem leve dentro do peito por não ter aceitado que toda aquela gente tivesse mandado a Justiça embora e ocupado a sua casa como se fosse deles.

Glórias e apuros do coronel

O trem partia às vinte e uma horas, como todo dia. Gente já havia na praça Rui Barbosa desde as quinze horas. Só o compadre Valença, cheirador de rapé, levou doze afilhados do coronel, desde bebês de fralda a marmanjos mascadores de chicletes. Queriam lugar bem à frente para a bênção ter mais efeito. Às dezesseis horas e quinze minutos já havia umas duzentas e sessenta e três pessoas na praça da estação, entre empregados, cunhados, primos, sócios, clientes, admiradores, funcionários de cartório, gerentes de banco e cabos eleitorais do coronel. Foi quando a polícia desviou o trânsito e distribuiu cavaletes de madeira pelas bocas das ruas de acesso à praça.

Às dezessete horas, começaram a chegar as caravanas do interior: de Muzambinho, um caminhão coalhado de vaqueiros; de Conceição do Mato Dentro, três procissões de romeiros puxando terços pela saúde do coronel; de Resplendor, um comboio da Rede Mineira da Viação cuspia gente pelas janelas; de Paraopeba, oito ônibus traziam admiradores; e, de Diamantina, toda a Irmandade de Nossa Senhora da Boa Viagem se fez presente à despedida.

A Legião Brasileira de Assistência instalou um posto para atender os do interior que nunca tinham vindo à capital. Improvisou-se um ambulatório debaixo do viaduto para casos de emergência. Trinta e oito camelôs, contados a dedo, vendiam estampas com a foto do coronel, lenços de seda com o autógrafo do coronel, bijuterias com as insígnias do coronel, botas tidas como iguais às do coronel, cinturões, águas-de-colônia, lápis de cor, chocolates, pentes, como coisas da preferência do coronel. A polícia teve que arrancar da praça, à força, um espertalhão que, querendo faturar mais, e ignorando o motivo da concentração, vendia bugigangas em nome de um suposto general.

Às dezenove horas, a gare foi evacuada pelo Corpo de Bombeiros, munido de jatos de água fria. O desembargador Afonsino Corrêa Neto, óculos de aros dourados e um cofiado cavanhaque, viu seu terno branco ficar transparente sob a ação da água; vermelho como o diabo, saiu xingando o dia em que nasceu, enquanto a multidão aplaudia, constatado que, sob o terno molhado colado à pele, ele não trazia cueca. Três estações de rádio, patrocinadas pelo sabonete Eucalol, instalaram seus transmissores na sala do chefe da estação. Oito jornais, os da terra e outros de fora, aguardavam impacientes o viajante. Com uma mão no chapéu de feltro verde e outra na defesa de um embrulho, dona Francisca Pereira Cunha, a Chiquinha, atravessava a multidão entre safanões, empurrões e palavras impróprias a uma viúva de muitas lágrimas e poucas alegrias.

Precedido por dois batedores – gentileza do chefe de polícia –, o Cadillac preto do coronel, todo estofado de branco com pele de bezerro, chegou à estação de Curral del Rey às vinte horas. Atrás, duas camionetes Chevrolet carregadas de malas, baús, bolsas, frasqueiras, balaios, caixas e pacotes.

Sob vivas e palmas da multidão, o coronel Sinfrônio Campos de Alvarenga Xavier, moreno como uma casca de amendoeira, grave como um guru, alto como um magistrado, forte como um halterofilista, solene como um velho ministro, saltou do automóvel de braço dado com sua veneranda esposa, dona Marta Vasconcelos Campos de Alvarenga Xavier, Mariquita na intimidade, branca, baixota, simples, magriça, meiga, quase a pedir desculpas por existir. Foram logo cercados pela imprensa, enquanto o vereador Expedito Eiffel – cujo sobrenome advinha de seu projeto de erguer em Santo Antão das Minas a réplica da famosa torre de Paris – iniciava eloquente discurso saudando o coronel, sem que ninguém prestasse atenção.

De paletó aberto, exibindo a corrente dupla de ouro pendida do colete azul, trazendo no dedo médio da mão direita um anel de tartaruga incrustado com uma grande esmeralda, o coronel, sob o espocar das lâmpadas dos fotógrafos, respondia aos repórteres e radialistas que é sim minha primeira viagem ao Rio de Janeiro, sempre ouvi dizer que o Vera Cruz é um trem muito confortável, essa gente é toda amiga, tenho muito mais afilhados mas nem todos puderam vir, desde criança sonho em ver o mar mas os negócios da fazenda nunca me deram férias, esta é a primeira em quarenta anos de trabalho, vamos ficar num hotel da Cinelândia, bem no centro, graças a Deus estou bem de saúde, forte como um touro, essas histórias de jagunços são intrigas da oposição, sou incapaz de fazer mal a uma flor, perguntem ao Afonsino Corrêa Neto, que foi juiz em minha comarca, de avião não, homem deve pisar é no chão, passarinho é que foi feito pra voar, não serei mais candidato, já fui prefeito e deputado várias vezes, é preciso dar oportunidade aos moços, nas próximas eleições, pretendo eleger uns oito ou nove políticos amigos, gente da melhor safra...

A duras penas e sem o chapéu de feltro verde, dona Francisca Pereira Cunha, vulgo Chiquinha, conseguiu chegar à sala do chefe da estação. É que vim correndo, Mariquita, trazer essas roscas da rainha, deliciosas, para a viagem de vocês; fiquei pensando, coitados, nem devem ter tido tempo de preparar o lanche e, de madrugada, na estrada de ferro, dá uma fome medonha. Ora, Chiquinha, é muita gentileza de sua parte, não precisava se incomodar, agradeceu Mariquita, e entregou o embrulho ao carregador de olho vesgo e verruga na ponta do nariz que se encarregava de pôr a bagagem no camarote especialmente reservado ao distinto casal.

Já era o centésimo segundo afilhado-compadre-admirador-parente-devedor-de-favor que o coronel abraçava, sempre cochichando ao ouvido uma frase que fazia o amigo se abrir em gargalhadas, quando o compadre Valença, orelhudo como um burro, barriga proeminente e forte cheiro de rapé, mas muito atencioso, quase uma moça, puxou de debaixo do braço um embrulho, são uns pasteizinhos de nata que a Matilde fez questão de mandar, muito leves, para distrair na viagem, porque esses vagões sacolejam o tempo todo e nem dá para dormir direito. E de compadre em compadre, parente em parente, amigo em amigo, o casal de viajantes recebeu uma empadinha aqui, uns torresminhos ali, esta torta de banana maravilhosa que é para prender os intestinos no caminho, de modo que o carregador da verruga na ponta do nariz, o do olho vesgo, ajeitou no camarote, exatamente, duas dúzias de banana caturra, cinco litros de água de Araxá, oito compotas de doces em calda, duas garrafas de conhaque de alcatrão São João da Barra, vinte barras de chocolate Diamante Negro, quatorze pãezinhos recheados com presunto Perrela, dois tabuleiros de pães de queijo, três pães de ló, quatro garrafas de Guarapan e duas de Mate Couro, para beber depois, pois é sempre bom arrotar após a comida, recomendou o vereador Expedito Eiffel, o da torre parisiense em Santo Antão das Minas, município de seiscentos habitantes e quatrocentos vira-latas, uma igreja, uma filial das Casas Pernambucanas, um bar com sinuca e duas vacas sem dono pastando no jardim da pracinha.

Às vinte horas e quarenta e cinco minutos o chefe da estação deu o primeiro sinal. Dona Mariquita e o coronel Sinfrônio começaram a se despedir dos mais próximos, prometeram escrever durante o mês que passariam no Rio, recomendaram aos sobrinhos cuidado ao atravessar a rua, anotaram encomendas, enquanto dona Chiquinha, sempre a alisar o cabelo armado a cerveja, inconformada com a perda de seu chapéu de feltro verde, lembrava que não deixassem de fazer compras na Sears, onde os produtos vêm todos da América, e fossem comer língua defumada na Colombo, um verdadeiro sonho. Valença, que apesar das orelhas de burro era homem muito lido, com a mão presa no cotovelo do coronel, dizia ao ouvido dele, em meio à algazarra da estação, que não deixasse de ir à livraria São José, tem sempre as últimas novidades, e eu soube que acabam de lançar uma nova edição das obras do Eça, toda encadernada. O Vera Cruz apitou, Mariquita puxou Sinfrônio pelo braço, espera aí mulher, deixa eu dar aqui um abraço de despedida no compadre Valença, enquanto a banda de música *Pátria Amada, Idolatrada*, atacava um dobrado que mais parecia um solo de carrilhão de bronze.

O coronel reparou num funcionário da estação, vesgo de um olho e com uma verruga no cocuruto do nariz, com a mão estendida em sua direção. Emocionado, Sinfrônio se despediu do homem humilde, tão educado, ao que o carregador disse esperar a gorjeta pelo trabalho feito, deixando o coronel em apuros; apalpou os bolsos como quem não quer achar dinheiro, e o trem começou a deslizar, Mariquita na porta do vagão toda afobada, quando o vereador Expedito Eiffel, solícito, veio em auxílio dos viajantes, estendeu uma nota ao carregador e um sorriso amarelo ao coronel que agradecia da janela do vagão. Os fogos de artifício coloriam a noite, o prato da banda estalava enfático, o Vera Cruz escorregava pelos trilhos, ganhava velocidade diminuindo a silhueta do casal Campos de Alvarenga Xavier, que abanava as mãos da janela do trem.

Eta sô, suspirou o coronel, adentrando no apertado camarote cujo espaço era tomado por valises e a comedoria trazida pelos amigos. Mariquita pôs logo os chinelos, aliviou os pés, pois, de baixota que era, tinha-os grandes, tamanho quarenta, sofridos em sapatos apertados, de configurar elegância. Sinfrônio descascou uma caturra e ajeitou-se no leito para ler *A Tribuna da Imprensa*, ficar por dentro das notícias do Rio que ele sempre acompanhava da terra mineira, como quem, da colônia, preocupa-se com o que se passa na metrópole. Porém, as notícias entravam pelos olhos e não chegavam à cabeça de Sinfrônio, bailando pelo seu segredado sonho de, no Rio, deixar a mulher no hotel e ir jogar no Cassino da Urca, pois amigos chegados haviam recomendado o lugar, especialmente agora que Conchita Mascarenhas andava mostrando as pernas roliças num *show* de poucas roupas e muitas plumas.

O Vera Cruz mastigava os trilhos com seus dentes de aço, puxado por uma locomotiva diesel. Dona Mariquita tomou o bloco e a caneta Parker 51 – presente do marido ao completarem quarenta e cinco anos de casados – para escrever à sua amiga Chiquinha; contou que a viagem de trem havia transcorrido muito bem, sem maiores novidades, embora a saudade já fosse grande, porque mineiro é mesmo muito apegado à terra, mas os pasteizinhos de nata estavam uma delícia, Sinfrônio quase come tudo sozinho, guloso como ele só, até pensei que fosse ter um troço...

Faltava pouco para a estação de Lafaiete, quando o chefe dos vagões de classe A, Benedito Aurora da Silva, trinta anos de Central do Brasil, homem íntegro e muito cônscio de suas atribuições cívicas e profissionais, bateu à porta do camarote ocupado pelo ilustre casal Campos de Alvarenga Xavier. Sinfrônio atendeu de camisolão branco, costume trazido da infância, porque esses pijamas modernos pegam entre as pernas, sono tem que ser é solto, à vontade, sem nada apertando as carnes, pois não, já lhe trago as passagens, e toca a procurá-las nos bolsos de seu paletó azul-marinho, tira para fora os papéis, olha no colete, apalpa os maços de dinheiro, veja aí, Mariquita, na sua bolsa, você não andou guardando as passagens?, enquanto o chefe Aurora, como era conhecido, permanecia ereto à porta, só mexendo mesmo conforme o balanço do vagão, Mariquita revirando a bolsa, tirando para fora pó de arroz, escova de cabelo, ruge, batom, espelhinho, pente, tesoura para calos, lápis de sobrancelha, lencinho, meia dobra de papel higiênico, uma foto amarelada dela e de Sinfrônio, quando noivos, em Dores do Indaiá, e mais vinte e sete bugigangas e utilidades femininas; não estão não, Sinfrônio, você é quem guardou as passagens, e o chefe Aurora à porta, calado, de olho no casal como se nada visse, Sinfrônio espalhando sobre o leito os papéis de sua pasta, não é possível, Mariquita, você ficou com as passagens, tenho certeza, nunca fui de perder nada, tenho todas as minhas coisas em ordem, e Mariquita, afobada, não venha pôr a culpa em cima de mim não, há dias você anda avoado com essa viagem ao Rio, só pensando longe, sem atenção para as coisas, e o chefe Aurora estático diante de cinco malas desarrumadas no camarote, as roupas espalhadas entre bananas, roscas, empadinhas, pães de queijo e litros de água de Araxá, um vidro de doce em calda derramado no armário e melando os pacotes, três garrafas de refrigerante rolando pelo chão no ritmo do trem, ande mulher, ache logo essas passagens, porque o homem tem mais o que fazer, já disse que não estão comigo, você é quem as guardou, diacho.

Sinfrônio, perdido entre a bagunça do camarote e a falta das passagens, ouviu o chefe Aurora explicar que ele poderia comprar outras e, assim, obter o bilhete comprovando que não viajava de graça. Mas isso é um absurdo, protestou o coronel, não vou pagar duas vezes pela mesma viagem, não tenho pé de dinheiro plantado no quintal de casa, o senhor tenha paciência que acabo encontrando as passagens. Chefe Aurora replicou não haver tempo, os comprovantes deveriam ser entregues aos fiscais na estação de Lafaiete, onde o coronel teria que desembarcar caso não apresentasse as passagens perfuradas. Mas tenho que estar no Rio amanhã cedo, já estou no trem, paguei a viagem, não vou pagá-la de novo! Mas é o regulamento, disse o Aurora, sem passagens o senhor e sua senhora terão que descer. Nunca, vociferou Sinfrônio, ninguém me tira daqui, pois eu sou um coronel!

Quando o Vera Cruz encostou na estação de Lafaiete, o camarote do coronel era uma zorra só: pasteizinhos de nata esfarelados pela pia, fatias de torta de banana sobre os leitos, malas empilhadas junto à janela, conhaque de alcatrão São João da Barra escorrendo pelo chão, cascas de banana caturra boiando na privada, jornal empapado de doce em calda, dona Mariquita sob a ameaça de ter um troço e, à porta, Sinfrônio bufava como um vulcão, cercado pelo chefe Aurora, pelo fiscal da Central do Brasil, pelo chefe do carro-restaurante e mais cinco passageiros curiosos. Todos queriam ver os documentos de coronel do coronel. Ele ameaçou, argumentou, esbravejou, explicou, falou, replicou, titubeou, pigarreou, corcoveou, mas nada de documento aparecer. E os chefes não abriam mão: ou paga a viagem e prova que é coronel ou desce em Lafaiete. Mariquita, pálida como vela derretida e com falta de ar, porque um vexame desses nunca aconteceu na nossa vida, agarrava-se à imagem de Nossa Senhora das Graças, que sempre trazia consigo. O coronel, afinal, mostrou os documentos: carteira de identidade, cartão da Sociedade Agropecuária do Oeste Mineiro, uma velha carteira de soldado da Guarda Nacional e título de eleitor, porém nada de passagens e papéis que provassem a sua patente de coronel.

Não teve jeito, Sinfrônio e Mariquita arriaram mesmo em Lafaiete, entregues às mãos do sargento Alconforado, mais conhecido pela alcunha de Botinão, que, na falta do tenente, era a maior autoridade do regimento local. Sob os veementes protestos do dito coronel Sinfrônio, que exigia telefonema ao chefe de polícia da capital ou para o desembargador Afonsino Corrêa Neto, seu impoluto correligionário, e do choro destampado de sua sofrida Mariquita, Botinão os enfiou – com malas, baús, bolsas, frasqueiras, balaios, caixas e pacotes – numa cela fedorenta da cadeia do regimento, pois esse velho pode até ter dinheiro, mas dar uma de coronel, bagunçar o camarote do trem e ainda querer viajar de graça, é demais!

Tango

Sentiu no ar. Focinhou a porta, olhos baixos, esgueirou-se para dentro da casa; silente, atravessou a sala, empurrou com a pata a porta do quarto e espichou-se debaixo da cama. Encolhido, Rex abanava os cílios sobre as pupilas dilatadas, acesas. O medo lhe atravessava as vísceras, trazido pelo som do motor. Podia distingui-lo a distância. As orelhas apuravam-se, atentas a captar o rumo do perigo. O olfato dilatava-lhe as narinas, o cheiro do inimigo associado ao ruído do carro. O corpo teso aguardava, defendido pelo pavor. Rabo colado entre as pernas, todo ele parecia eletrizado por uma corrente sutil, silenciosa.

Do outro lado da rua, soou o latido forte de Ringo, policial cativo cujo faro funcionava como um radar. Abocanhando o ar em trovoadas, deu o alarme. Na esquina, Bingo e Leleca cessaram a disputa por um osso e saíram em disparada. Bingo saltou como gato o muro de sua casa, a boca rasgando-se num resfolegar aflitivo. Leleca desceu a ladeira escorregando sobre as pequeninas patas, numa dança no gelo. Laica sentiu o perigo mas não olvidou a fome:

cravou os dentes no osso e, como quem carrega um troféu, cruzou a rua, enfiou-se contraída sob a cerca de um terreno baldio e escolheu um tufo encorpado de mato para tornar-se invisível.

Reação em cadeia, os latidos multiplicaram-se na vizinhança numa orquestração desafinada e raivosa. Latiam todas as raças, numa babel descontrolada. De cada quintal erguia-se um grito de alerta, alarmando pressentimentos. A intuição canina farejava o perigo. A cachorrada vociferava com dentes arreganhados para o espectro do medo que a assustava. O coro degringolava-se numa ópera macabra a celebrar a única esperança: sobreviver.

Focinho arrastando-se no chão, mil pernas trocadas sob a barriga estreita e comprida, pelo arrepiado, Tango dobrou a esquina como um coelho acossado. Corria atropelando-se nas próprias patas. Quem o visse a distância diria tratar-se de um cachorro com pernas de centopeia. Sua respiração agoniava-lhe o peito, quase a sufocá-lo. Atrás, em curva tonta pela rua, a carrocinha de cachorro. Os pneus cantavam inclementes.

Corda nas mãos, o homem saltou do estribo do carro armando o laço, enquanto seu companheiro, empunhando a vara, atravessava a rua correndo. Tentava cercar Tango pelo outro lado. Adivinhava os movimentos do cachorro. Anos de dedicação ao ofício incutiram na relação entre caçadores e vítimas uma sintonia pavorosa. A experiência aprimorara-lhes os pressentimentos, refinara-lhes a intuição, dotara-os de um senso de direção e movimento como se suas mentes coreografassem o inusitado balé que o medo da prisão e da morte obrigava os cães a dançar.

No meio da rua, o vira-lata parou, arredondou os olhos, eriçou as orelhas, respirou ofegante, derramou a língua boca afora, olhou a posição do inimigo, intuiu o rumo. O pelo encharcava-se de pavor. Tango sabia que seus perseguidores subestimavam-lhe a inteligência. Esforçava-se por penetrar-lhes a mente, embora ciente de que a lógica de quem captura e a do capturado são como planetas de galáxias abissalmente distantes. O jogo da vida possui a singular regra de não admitir adversários.

O laço foi atirado no momento em que a vara se aproximava do pescoço do vira-lata. Esta a cunha, aquele o alçapão. Tango contraiu o corpo, deitou-se, encolheu a cabeça, escorregou pelo asfalto e, como se passasse sob a própria sombra, saiu em disparada, enquanto a corda desenhava um arco no ar, abria-se num oco colar, prendia a vara e derrubava no chão o homem que a segurava.

Para Tango, não havia dúvidas. Depois dessa, o inimigo não daria tréguas. Em torno da perseguição, de todos os lados ecoavam latidos insistentes, como se os cães desafiassem os caçadores a enfrentá-los cara a cara. Uma cachorra prenhe gania escondida num alpendre, chorava a baba que lhe escorria pela boca, como se lamentasse gerar vida num mundo dominado pela morte. Protegido pelo alto muro da garagem, um buldogue escancarava a dentalha em latidos ofensivos.

Os homens subiram no estribo, o motorista afundou o pé no acelerador, o carro avançou atrás de Tango, que buscava, aflito, uma brecha por onde escapar. A rua dominada pelo veículo lhe pareceu a pior alternativa, os portões das casas lhe cerravam os passos, os muros desmesuravam-se em tamanho ante sua capacidade de transpô-los. Oprimia-lhe encontrar-se na situação do ser encurralado que encara o mundo pela ótica da sobrevivência imediata, reduzido a seus instintos mais atávicos. O espaço se contraíra à sua volta, o tempo era agora, exigia de sua mente redobrar a agilidade imprimida a seus movimentos. Viu um muro amarelo, desbotado, cacheado pelas folhas de uma mangueira que lhe atenuavam as rachaduras. Parou na calçada, retraiu os músculos, firmou-se nas patas traseiras, tomou impulso, acreditou em suas asas invisíveis, jogou o corpo com as forças que lhe restavam. No salto, o muro cresceu sobre suas vistas, alongou-se para o alto, os galhos da mangueira tornaram-se braços calejados e peludos, cujas mãos espalmavam-se para barrar a sua entrada no quintal. Tango sentiu o corpo solto no ar, a tonteira provocada pela vertigem, a irremediável ausência de asas.

Tombou no chão de mau jeito, contorceu-se, esfolou uma pata dianteira, feriu o focinho no cimento duro. Uma cobra áspera agigantou-se no céu, desabou num laço glutão, roçou-lhe o pelo sob os gritos ameaçadores de pega! pega!

A matilha vizinha ecoava seu protesto de boca em boca, num coro atroz. Tango não tinha a arte dos cães de raça, mas possuía a destreza de um vira-lata criado na rua. Dobrou a cabeça de lado, ergueu o pescoço, empinou o focinho, abocanhou a corda, firmou-a entre os dentes, puxou-a com força e quase jogou o laçador no chão, não tivesse ele largado a sua arma.

A torcida invisível encorajava o pequeno e maltratado cachorro. Pela rua Tango arrastava a enorme linguiça de fibras, como se levasse na boca o troféu de sua vitória sobre o inimigo. A pata esfolada ardia, o focinho sangrava, difícil articular os passos sobre a corda que lhe atravessava por baixo e roçava-lhe a barriga, seguindo-o como um rabo comprido colado ao chão. Os caçadores retornaram ao carro e, velozes, saíram-lhe ao encalço. O vira-lata alcançou a esquina, dobrou-a e, fora das vistas dos homens, parou por um momento, como a recuperar o fôlego. Cuspiu a corda, tragou o oxigênio, cravou de novo as fibras entre os dentes, prosseguiu em disparada embaralhando as pernas, quase a raspar o ventre no asfalto.

A carrocinha por pouco não perde o equilíbrio ao fazer a curva cantando pneus. Deparou-se com a rua vazia. O laçador ansiava pela recuperação de sua arma. Antes que o motorista atingisse a próxima esquina, Tango reapareceu. Dobrara a esquina e regressava em sentido contrário. O motorista freou bruscamente o veículo para fazer a volta. A vara cruzou por cima do vira-lata como uma lança cega e se chocou contra um muro. A canzoada ladrava como se aplaudisse os dribles do amigo.

Os pelos ralos e esbranquiçados de Tango eram uma estopa ensopada de suor. A respiração acelerada exigia, em vão, que os pulmões bombeassem mais depressa, as gengivas sangravam sobre os dentes, já sem forças para segurar a corda. Resfolegante, parou em frente à casa de Ringo como se buscasse proteção do companheiro mais forte. Retido por uma grossa coleira de couro, presa à corrente de aço, Ringo nada podia, senão rosnar e abocanhar o ar em possantes latidos contra o inimigo.

A carrocinha veio em direção à sua presa, como se disposta a esmagá-la contra o muro. Com os olhos fixos no animal, o motorista se deixou levar pela velocidade do carro, seus olhos subiram do cachorro para o muro, suas mãos rodopiaram o volante, o pé enterrou-se no freio, o veículo derrapou, subiu na calçada, resvalou no poste, provocando um baque seco, arranhado, que assustou os caçadores e foi comemorado uníssono pela cachorrada em seus quintais.

Aproveitando a confusão, Tango largou a corda, amiudou o corpo, curvou-se sob a carrocinha, cortou-a por baixo e saiu feito uma bala do outro lado. O homem da vara atirou-a com ódio sobre o cachorro, acertando-o em cheio. Tango sentiu o corpo vergar de dor, a costela partir, a carne se abrir, viva, sob o impacto do golpe. Atordoado, desceu a ladeira, faro preso na esperança de Leleca socorrê-lo. Os pega-cachorros correram em seu encalço, brandindo armas e vociferando palavrões. O laço aberto voou sobre a rua, ergueu uma coroa sobre o corpo do vira-lata e desceu para apanhar o vazio. Leleca gania aflita, dava sinais ao companheiro que espremia o corpo ferido entre as grades apertadas do portão de ferro. Enlinguiçado, conseguiu transpor o obstáculo, deixando em seu rastro um filete de sangue.

Obcecados pelo desafio de Tango, os homens avançaram sobre a casa, arrebentaram o cadeado do portão, invadiram o quintal. Ao pressentir o perigo, Leleca correu para a cozinha em busca das pernas de sua dona. A cozinheira bateu a porta no exato momento em que Tango se aproximava. A cadela pulava desesperada, latia indócil, queria que a mulher abrisse a porta e acolhesse o amigo, mas ela não entendeu. Tomou a cachorra nos braços para dar-lhe afagos.

De um lado, a porta fechada; de outro, a área de serviço cercada pelos algozes. Tango tentava refrear a respiração descontrolada e buscava energia para empreender nova fuga. Seus olhos, porém, não vislumbravam uma saída, a ferida queimava a carne e empapava de sangue os pelos molhados de suor. Estava acuado. Desesperado, buscou o canto entre a parede e o tanque de lavar roupas; antes que pudesse se esconder, uma ponta de madeira bateu forte em seu olho esquerdo. Sob o impacto, a vista se apagou, enquanto um pé de bota de borracha chutou-lhe a barriga, atirando-o fora do precário refúgio. Os ganidos do animal e a presença dos caçadores levaram a dona da casa a abrir a porta da cozinha. Tango ainda quis resistir, pular sobre os homens, mordê-los, mas não encontrou forças nem para latir. Presa nos braços da mulher, Leleca contemplou, agoniada, o amigo ferido ser arrastado por uma corda no pescoço. Seu corpo resvalava no chão como se estivesse sem pernas. O homem da vara golpeava-o dominado pelo impulso de vingança.

Todos os cães pararam de ladrar quando Tango subiu a rua arrastado, soltando um gemido de dor que soava fraco e triste. Seu corpo estava em chagas, um olho desaparecera sob enorme hematoma, o focinho pingava sangue. Doíam-lhe os ossos partidos pela vara, o pescoço lanhado pela corda, as patas que já não o obedeciam.

Próximo dali, sob a cama, todo trêmulo, Rex retroagia as orelhas e dilatava-as para captar a agonia do amigo. Bingo apertava-se sobre si mesmo, encolhido em sua casa de madeira. Olhos fechados como o avestruz diante da ameaça, Laica cavava um pouco mais o buraco que abrira no lote, como se quisesse esconder-se debaixo da terra. Ringo troteava de um lado para o outro, preso ao limite da corrente, na postura de quem não consente derrota. A cachorra prenhe chorava, no alpendre, o próprio abandono.

Aberta a grade da carrocinha, Tango foi introduzido aos pontapés. Com a ponta da vara o homem tratou de empurrá-lo mais para dentro. Quando o carro partiu, sentiu uma golfada subir-lhe ao peito. Um líquido pastoso e quente inundou-lhe a boca. O sangue descia pela baba e, ao balanço da viatura, espalhava-se em torno. Tango afogava-se na própria dor.

Pouco depois a carrocinha encostou junto ao canil da prefeitura de Curral del Rey. Os homens puxaram o ferrolho da porta, enfiaram a vara pela grade, cutucaram com força o corpo lanhado do vira-lata. Nenhum gemido, nenhuma contração. Tango estava morto.

Promessa de campanha

Que subiu subiu, porque já haviam planejado tudinho lá no comitê, sob a supervisão de Zeca Tira-Votos, chefe dos cabos eleitorais, também conhecido como Sargento Urneiro, e de Rolando Pica-Fumo, ex-amarra-cachorro de circo, investido na função de publicitário da campanha. A subida ficou acertada na sede do comitê, no Calafate, instalado num quarto de fundos da Oficina Mecânica Almeida & Irmãos Ltda., entre ferro-velho, pneus, meio Citroen apodrecido e dois tambores de tinta. Havia até um mapa da cidade, com uma seta indicando o local da subida. De modo que se apressou a subir o morro do Pindura Saia, em incansável batalha eleitoral, o candidato a prefeito Tibauco Netuno, representante das forças terrestres e marítimas, muito embora na região não houvesse outras águas além do filete borocoxô do rio das Velhas e do grande alagado da Pampulha, lá pros lados de Venda Nova.

No morro já estava tudo enfeitado com propaganda eleitoral: ruas, ruelas, arruelas, vielas, becos, quebradas e buracos, presteza de mestre Tunico, compadre do Sargento Urneiro, também conhecido pela alcunha de Tira-Votos. Cartazes coloridos com a foto do candidato sobre o fundo azul lavado da lagoa, pregados nas tábuas apodrecidas dos barracos; a lista das promessas, arroladas pelo mentor intelectual Rolando Pica-Fumo, adestrado em propaganda circense, afixada no boteco do Sansão (para a curiosidade dos bebuns que mais distinguiam a raça da pinga na ponta do beiço do que no trato com as letras impressas no rótulo das garrafas); as faixas de pano com o nome do candidato em tinta vermelha de pintar caminhão, estendidas nos quintais dos casebres, porque mulher nenhuma era boba de deixar na rua aquela fazenda tão boa para fazer lençóis; as cédulas espalhadas pelo chão, como papel picado em vitória de Seleção, misturadas com barro, afogadas em águas paradas, servindo de caderninho para a meninada do grupo escolar e de papel higiênico nas fossas da gente que não gastava o pouco que tinha com esses supérfluos, pelo menos enquanto houvesse jornais, sabugo de milho e eleições.

Mestre Tunico, entendido da população do morro, já prevenira o cabo eleitoral Zeca que, por ser o principal, também era conhecido por Sargento, de que Tibauco Netuno subiria o Pindura Saia montado em promessa nova, original, pois todas as outras costumeiras e mais algumas já haviam sido feitas pelos outros candidatos à prefeitura. Sargento Urneiro, dito Zeca, recomendou ao redator oficial da campanha, Rolando Pica-Fumo, autor de um programa de espetáculos, que não adiantava mais falar em urbanização da favela, coisa já prometida por Nonô no tempo em que se elegeu deputado, pois dependia apenas de uma lei, depois assegurada pelo mesmo Nonô em sua gloriosa campanha a prefeito, pois esse negócio de urbanização de favela era encargo municipal, e reafirmada como definitiva, sem adiamentos, de vez que o referido Nonô concorreu às eleições para governador. Nem devia Tibauco falar em legalização de terrenos, ocupados pelos moradores na base da invasão, trunfo já usado e abusado por Almerico Gianotti, em sua vitoriosa campanha pela prefeitura, há questão de dez anos, quando houve o primeiro despejo, seguido por outros seiscentos e vinte e dois, fora as ações que corriam na Justiça em nome dos legítimos proprietários da área. Também não convinha prometer esgotos e luz elétrica, pois os moradores já se haviam acostumado à falta, bem como aproveitavam os restos de comida para alimentar um ou dois porquinhos de engorda e, a bostança, curtida ao sol, para adubar as hortinhas dos feirantes, bastando a luz do dia para alumiar os trabalhos e duas velas de sebo para Chiquita Mão-de-Fada adivinhar a sorte de sua clientela, pois em casa o fogo da lenha rebrilhava na ajeitação da dormida.

Ouvido mestre Tunico, e após consulta à Sociedade Ordem e Progresso do Pindura Saia, ao Clube de Mães Nossa Senhora das Dores, ao Centro Reencarnacionista São Miguel Arcanjo, à Confederação Local dos Times de Porrinha, ao Clube Lítero-Esportivo Renascença, cujo emblema era um livro aberto com uma bola de futebol entre as páginas, e a mais duas dezenas de grupos, movimentos, confrarias, seitas e agremiações do morro, Rolando Pica-Fumo, ex-lavador de elefantes no Gran Circo Madri, decidiu que toda a campanha de Tibauco no Pindura Saia devia se concentrar numa única aspiração, sonho recôndito daquela gente, fantasia do inconsciente coletivo, desejo mais íntimo dos pindurassaienses, querência forte de todo o povo: um navio na lagoa da Pampulha!

A lagoa era o olho-d'água desta terra esculpida em ferro, conforme trecho do discurso preparado no comitê por Rolando Pica-Fumo, antigo domador de ursos, sentado num tambor de óleo diesel e tendo por mesa a capota enferrujada de um caminhão Volvo. Construída por Nonô entre um e outro de seus inúmeros mandatos, para compensar a imaginação dos que nunca tinham visto o mar, a lagoa tinha a sua história: guardava em seu seio escuro, forrado a lama, trezentos e treze corpos, sendo que trinta e um de apostadores falidos nas roletas do Cassino da Pampulha; dezenove de um bimotor da Panair que, ao crepúsculo, confundira a superfície lisa da água com a pista do aeroporto; quarenta e oito de um ônibus recheado de peregrinos que, escandalizados com as pinturas de Portinari na igrejinha de São Francisco, se haviam pegado num rosário tão fervoroso que o motorista, tomado de êxtase, levitou na direção; dez de nadadores do Iate Clube, cansados no meio da travessia arriscada; oitenta e oito de suicidas não identificados, sabendo-se apenas que vinte e três por enforcamento nas árvores da beirada; quinze de lavadeiras que haviam escorregado sobre lençóis ensaboados; sete de pescadores, e um de um cientista, doutor em parasitologia, afogado quando pesquisava caramujos transmissores de xistossomose.

Tibauco Netuno subiu o morro do Pindura Saia acompanhado pelo comitê e pela comitiva, levando em mãos um enorme pacote embrulhado para presente, com celofane reluzindo nas dobras e fitinha azul no cocuruto. Atraídos pela *surpresa* prometida por mestre Tunico, todos compareceram ao comício, realizado ao lado da bica d'água do morro. A presença foi maciça, a ponto de Sansão empilhar uns engradados de cerveja para fechar o boteco, coisa que ele não fazia nem na Sexta-feira da Paixão, tanto que o dito nem porta possuía; Chiquita Mão-de-Fada suspender suas sessões naquela noite, embora ela mesma, de corpo presente, não tivesse comparecido; e Iaiá ter desfeito a fila à porta de seu mocó, numa dobrada de morro, em decaída de terreno, onde a premência dos homens era atendida por Merinalva, duas venéreas crônicas e uma tuberculose aos vinte e seis anos; Estarlaite, passada dos cinquenta, mas tida e havida como polaca; e Felícia Banguela, cujo sorriso permanente era só gengivas, apesar de seus trinta e um anos.

Zeca Tira-Votos, cognominado Sargento Urneiro, cuidou das devidas apresentações do candidato, postado ao seu lado em compungida atitude de reverência à pátria, mão direita no peito e olhos voltados para o Cruzeiro do Sul, que se destacava na noite estrelada. Trepado num caixote de Gordura de Coco Carioca, começou a desfiar a biografia de Tibauco Netuno, homem pobre e sofrido como vocês, nascido e criado nas agruras da miséria, portador de todos os tipos de vermes e de algumas amebas, mas que a bondade misericordiosa de Deus, que não falta a quem tem fé, ajudou que frequentasse o grupo escolar Pandiá Calógeras, para em seguida ser aprovado, por sua baita e precoce intelectualidade, no exame de admissão do Colégio Municipal, onde cursou as matérias humanistas e científicas com o brilhantismo dos futuros governantes. O orador acentuou as duas últimas palavras, conforme senha combinada com a claque para a hora dos aplausos, comandados por Rolando Pica-Fumo, ex-amestrador de cães. E prosseguiu quando os já ganhou perdiam forças: dada a sua natural tendência para o bem comum do público, homem respeitador das leis cívicas e morais, nosso futuro prefeito ingressou na faculdade de Direito, onde se destacou por sua sacra oratória e visão meridiana da administração pública. Subindo a voz em dois tons, Urneiro continuou: Tibauco Netuno não será eleito pelo dinheiro dos bancos, isso mesmo, dinheiro dos bancos, repetiu o orador, procurando com o olhar Rolando Pica-Fumo, entretido num jogo de porrinha junto à bica, sem se dar conta de que chegara o momento dos aplausos. Tira-Votos foi em frente, bradando que nem será eleito pela corrupção que limpa os cofres públicos, nem pelo continuísmo dos partidos tradicionais, mas sim pela vontade do povo manifestada no voto livre e democrático. Ao que Sansão aplaudiu, pois nunca vi ninguém falar tão acertado de alguém; Iaiá do mocó soltou um bonitão! bonitão!, que deixou o candidato encabulado; mestre Tunico berrou um tá eleito tão decidido que os eleitores nem se lembraram de que ele já havia dito o mesmo para outros candidatos que tinham subido o morro do Pindura Saia.

De cima do caixote de Gordura de Coco Carioca, Tibauco Netuno tomou a palavra, precedida de um momento de silêncio, instrução de Rolando Pica-Fumo, ex-contra-regra do circo, que era o que se usava para prender em suspense a atenção da plateia. Suas palavras iniciais foram interrompidas por efusivos aplausos, puxados pelo comitê, e pela comitiva, ao que ele, braços abertos e mãos espalmadas, agradeceu com certo ar de constrangimento. E passou a fazer um balanço das administrações municipais anteriores, desde a fundação de Curral del Rey. Lá por volta de 1920, metade da assistência não prestava mais atenção ao orador e a outra metade já se retirara para casa. Duas horas decorridas, ao falar do prefeito de 1942, a turma do comitê disputava com a turma da comitiva um acirrado campeonato de porrinha em torno da bica, sendo que Sargento Urneiro, o referido Zeca Tira-Votos, liderava o turno graças aos blefes de lona com dois ou três palitos na munheca.

Todavia, quem estava deitado levantou-se, quem havia ido para casa regressou, quem jogava parou, quem contava piada descontou, quem puxava o ronco acordou, quem mijava secou, quando Tibauco Netuno começou a falar de seu grande projeto político-administrativo-recreativo-turístico: um navio na lagoa da Pampulha! Foi, então, que ele abriu o enorme pacote embrulhado para presente e mostrou, ao eleitorado delirante, a maquete do navio, feita por Almeida & Irmãos Ltda. que, como donos de oficina mecânica, tinham prática também no fabrico de carrocerias para caminhões e sonho de futuro estaleiro.

A multidão, que àquela hora já estava mais para punhado, explodiu de alegria. Rolando Pica-Fumo, ex-arauto de picadeiro, acertara em cheio. Um navio para os moradores do Pindura Saia. Seu Sansão ficou logo matutando em como vencer a concorrência para explorar o bar da embarcação; Iaiá comentou o perigo que seria quando desse onda alta na lagoa, pois já ouvira Estarlaite, que era das estranjas, contar de afundamentos e de afogamentos de muitos navios; mestre Tunico ficou todo ouriçado, pois desde criança pensava em aposentar-se como marujo; e Felícia Banguela, na espreita do comício, ensombrecida pela noite, pegou a imaginar o rico fazendeiro que viria pedi-la em casamento e levá-la para uma lua de mel a bordo.

Não deu outra: democraticamente escolhido pela vontade do povo, através do sufrágio universal, Tibauco Netuno foi eleito prefeito de Curral del Rey. Passados cinco meses da posse, sua promessa era realidade – à beira da lagoa da Pampulha erguia-se uma enorme embarcação, réplica de um transatlântico que Almeida & Irmãos Ltda. viram numa folhinha do Loide Brasileiro. Para quem tinha prática com motores elétricos, mecânica de automóveis e também fabricava carroceria para caminhões, não foi difícil projetar e armar o navio. Assim, num ensolarado domingo de maio, lá estava o Tibauco I boiando às margens da Pampulha. Um alvoroço só.

Segundo o *Diário da Tarde*, havia umas quinze mil pessoas; de acordo com o *Diário Católico*, umas trinta mil almas; mas o *Diário de Minas* garantia, em manchete de primeira página, que não havia comparecido ao lançamento do navio menos de cinquenta mil, sem contar as crianças e os baixinhos, só mesmo as cabeças rentes à tirada de olho do repórter do jornal. Entre choros de bebês e policiais orientando o povaréu, guardas de trânsito e cordões de isolamento verde-amarelos, os vendedores exultavam e os comedores se fartavam: pipoca, beiju, pão de queijo, bolinho de feijão, cocada, pé de moleque, cachorro-quente, brevidade, pele de porco, fatias de queijo do Serro, garapa, groselha, limonada, laranjada, Mate Couro, Guarapan, Coca-Cola, pinga de Januária e um deus nos acuda – cachaça curtida na pimenta malagueta – servida por uma mulata gorda lá pros lados do Jardim Zoológico.

O sol quase estava a pino quando teve início a cerimônia. O bispo, todo engalanado, rezou uma bênção e aspergiu uma aguinha benta que nem sequer chegou a tocar o casco do navio, mas valeu pela intenção. No meio do discurso do governador, o palanque rangeu, uma tábua correu e não fosse o se manda, minha gente!, gritado por Rolando Pica-Fumo, que tinha voz de anunciar espetáculo de circo, teria havido vítimas fatais. Mas não passou de um susto, logo enxertado no discurso de Sua Excelência, o governador, ao evocar que muitas vezes a água é mais firme que a terra.

O único incidente grave ocorrido no transcurso da cerimônia foi com a madrinha do navio, dona Carolina Mascarenhas Dias Guimarães, Cacá na intimidade, que, ao soltar a amarra que prendia o champanhe se desequilibrou, agarrou-se à garrafa verde-escura e lá se foi de encontro ao casco do navio, escorregando para a água logo que o vasilhame se partiu. Porém, oito prestimosos nadadores se lançaram em seu socorro, retirando-a envergonhada do apuro.

A tripulação assumiu os seus postos: no comando, o Capitão Zeca, ex-Sargento Urneiro, de sobre alcunha Tira-Votos; Almeida & Irmãos na casa das máquinas; Sansão no serviço de bar e mestre Tunico como chefe dos garçons; Chiquita Mão-de-Fada no salão de Jogos e Adivinhações; Iaiá no serviço de alto-falantes; Estarlaite na limpeza dos camarotes; Merinalva na do convés; e Felícia Banguela, toda sorrisos, como recepcionista.

Para a viagem inaugural, entre autoridades civis, militares e eclesiásticas, subiram a bordo o presidente da Sociedade Ordem e Progresso do Pindura Saia; a Mãe do Ano, escolhida pelo Clube de Mães Nossa Senhora das Dores, por ter dado à luz uma criança que parecia o Menino Jesus; o dirigente do Centro Reencarnacionista São Miguel Arcanjo, vestido a caráter, todo de anjo; os membros do time campeão do Torneio Municipal de Porrinha; e os diretores do Clube Lítero-Esportivo Renascença.

Atrelado ao cais improvisado junto à Casa do Baile, o navio soltou um apito rouco, anunciando a partida. Tudo corria na mais perfeita ordem, já tendo a engenhoca passado o Iate Clube e navegado os primeiros trezentos metros sob os aplausos frenéticos da multidão, quando se ouviu um estrondo, seguido de um forte solavanco do Tibauco I. O capitão Zeca gritou desçam os botes de salvamento, mas Almeida & Irmãos não haviam previsto este detalhe, de modo que todos começaram a correr de um lado para outro, como baratas tontas surpreendidas por uma vassourada, enquanto alguns mais afoitos ou menos controlados se lançavam n'água. A proa empinou, parecia que o navio ia levantar voo, quando ele se virou em ângulo de 45° a bombordo, fazendo com que todos os seus móveis, máquinas, tripulantes e passageiros se amontoassem de um lado só. À beira da lagoa, quinze mil, trinta mil, cinquenta mil pessoas ou sabe Deus quantas, atônitas e aflitas, começaram a entoar uma salve-rainha, entremeada pelo canto Ó *Cruz, tu salvarás* e recheada de promessas a Santa Rita, padroeira das causas impossíveis, enquanto a mulata gorda, vendedora de deus nos acuda, cuspia um copo para o santo, acendia uma vela no gargalo de uma garrafa de cachaça e rezava a Iemanjá. As águas engoliam o navio, os náufragos desapareciam tragados pelo lodaçal do fundo da lagoa, o chapéu do bispo boiava, os gritos de socorro e pânico refreavam-se em silêncio fúnebre, apenas cortado pelos estalos do casco partido do Tibauco I.

Quando o Corpo de Bombeiros chegou, meia hora mais tarde, a lagoa descansava saciada, exibindo uma superfície lisa, tranquila, como se suas águas jamais tivessem sido atravessadas pelo corpo de um navio intruso.

Tudo isso não passaria de um lamentável acidente, arquivado na crônica do município, superado pela falta de remorsos do tempo e da memória da gente, se a cada ano, na madrugada do último domingo de agosto, Felícia Banguela e o governador, Tibauco Netuno e Iaiá, Chiquita Mão-de-Fada e Sansão, mestre Tunico e Estarlaite, Merinalva e o Capitão Zeca e outros tantos pares, ao som dos instrumentos metálicos de Almeida & Irmãos Ltda., sob a batuta de Rolando Pica-Fumo, não fossem vistos dançando na Casa do Baile, à beira da lagoa da Pampulha.

O churrasco

Nada mais atribulado na vida de Atanásio do que aquele churrasco em Curral del Rey. Levantou da cama excitado, disposto a um café da manhã frugal, para deixar o apetite pronto às maminhas, picanhas, linguiças, asas de frango, corações de galinha.

Na hora combinada, despejada a família no local da comilança, teve início a saga carnívora: antes de indagar como vai você, o anfitrião gabou-se de ter comprado as melhores carnes, possuir a mais eficiente churrasqueira, saber grelhar como ninguém.

Atanásio acreditou. Ao se aproximar da churrasqueira percebeu que o anfitrião ainda nem abrira o saco de carvão. As carnes, ali do lado, revestidas de sal grosso, expunham-se às moscas.

Pouco depois, iniciou-se o ritual. Após muito custo, o carvão foi aceso, a fumaceira envolveu as carnes, entupiu o nariz dos comensais. O anfitrião decidiu assar, primeiro, linguiças, corações e asas de frango, como se quisesse encher a barriga de todos com tais acepipes e guardar para si as carnes nobres.

Dilatou-se o vazio na barriga, as crianças, impacientes, já haviam devorado vários sacos de batata frita, e nada de churrasco. O mais novo chorava de fome agarrado às pernas de Atanásio; rejeitou o pão com pasta de atum que a mãe lhe ofereceu. Ele quer sustança, carne, que ainda não está pronta, comentou Atanásio. A mulher, avessa a carne vermelha, fuzilou-o com aquele olhar de cadê a salada, o peixe, os camarões que você disse que eu poderia comer?

Atanásio bebeu umas tantas caipirinhas, entrou na cerveja, começou a ficar impaciente. O anfitrião, aflito com tantos convidados a se aproximar da churrasqueira para conferir o andar da carruagem, decidiu servir linguiças, asas e corações de galinha. Sem alternativa, Atanásio aceitou, percebeu não estarem no ponto, queimadas um pouco por fora, mas não havia como cuspir; o jeito foi engolir.

Agora, as carnes nobres suavam sobre a trempe. Atanásio postou-se ali do lado, copo de cerveja na mão, como se o olhar vigilante apressasse a assadura. O álcool subia-lhe à cabeça e, para segurá-la, encheu o prato de arroz e farofa, fez uma boquinha enquanto aguardava o churrasco.

Finalmente, fatiadas maminhas e picanhas, Atanásio, famélico, correu para a fila encabeçada por crianças e adolescentes. Ao chegar a sua vez, serviram-lhe um pedaço bem menor do que o esperado; uma carne esturricada, sem sabor. Ainda assim, se empanturrou de raiva; raiva de estar ali, de almoçar tão tarde, de ter no prato uma carne mal cortada e fora do ponto de seu agrado.

O pior é que o anfitrião, feliz com a própria arte, veio perguntar-lhe o que estava achando e, com olhos sonolentos de quem sonha com uma boa sesta, Atanásio respondeu está ótimo, nunca comi carne tão saborosa, embrulhando o estômago com a própria mentira.

O que Atanásio jamais soube é que o anfitrião, numa oferenda a si próprio, lhe servira a carne da onça-pintada que, na semana anterior, caçara no Pantanal.

O dia em que o mundo se ajoelhou aos pés de Caratinga

Os fatos aqui narrados, estritamente verdadeiros, se passaram sob o conhecimento da opinião pública nacional e internacional, muito embora, na ocasião, quase ninguém tivesse percebido o desfecho que, até hoje, por discrição e medo de cinco funcionários públicos, permanece envolto na mais espessa nuvem de mistério.

Numa tarde azul brilhante contrastando com a cor rosácea das nuvens, foi visto por Boca Leve, pacato radialista da não menos pacata cidade mineira de Caratinga, um Objeto Voador Não Identificado, ou melhor, prontamente identificado pelo referido cidadão como sendo um disco voador. Era redondo como um disco de 78 rotações, preto como uma jabuticaba madura, estufado por cima como um chapéu de monsenhor, liso por baixo como hóstia, veloz como uma pedrada de moleque e ameaçador como um empréstimo bancário. Sem pestanejar, Boca Leve botou, literalmente, a boca no mundo; anunciou pelo rádio, sem maiores delongas e milongas, que havia um disco voador em Caratinga.

Nada mais dúbio e perigoso que a primeira pessoa do singular do pretérito imperfeito do verbo haver que, também, pode ser a terceira pessoa do singular do dito tempo do citado verbo, sem falar que o médico avia receitas, de modo que, captada em Curral del Rey, a transmissão foi logo motivo de grande alvoroço. O céu de Caratinga foi trocado pelo solo de Caratinga e espalhou-se que um disco voador se encontrava solenemente pousado na pista do aeroporto da cidade.

Em poucos minutos, a edição extraordinária da BBC de Londres, que desde a guerra não badalava seus pesados sinos fora da programação habitual, comunicou que um estranho objeto havia descido na *caatinga*. Este pequeno equívoco custou à Real Força Aérea inglesa e à Scotland Yard o desperdício de muitas libras e tempo, além de alguns homens, pois de nada adiantaram a rapidez com que chegaram ao Nordeste, a insistência com que pediram às autoridades brasileiras a indicação do local e os subornos pagos, em nome de Sua Majestade, para se obter informações sobre o fato. Geminiano Ciranda, repentista afamado, tocador de viola, frequentador assíduo de bumbas e xangôs e, nas horas úteis, faxineiro do aeroporto de Guararapes, no Recife, vendo a parafernália dos súditos britânicos, excitados como princesas, protocolares como rainhas e pomposos como reis, não perdeu tempo e, valendo-se do momento em que o mais emproado dos ingleses, *Sir* Lancelote, se desgarrou da comitiva para pagar tributo à natural animalidade da condição humana, chamou-o a um canto do mictório e confidenciou-lhe, entre cheiro de mijo e vários arretados e da peste, que o nobre interlocutor interpretou como expressões seguras, confiáveis e dignas de crédito real, que o disco havia pousado em Serra Talhada, no interior de Pernambuco.

Napoleão foi derrotado em Waterloo e *Sir* Lancelote saiu convencido de que, em troca de uns trocados, vencera no *water closet*, pois sem mais demora partiu para o local indicado, acompanhado por sua comitiva, integrada por quinze oficiais, doze lanceiros do reino, quatro tocadores de fole, três representantes da Câmara dos Comuns e uma dezena de agentes da Scotland Yard.

De Geminiano Ciranda se sabe que, a partir desta memorável data, nunca mais foi visto com a vassoura na mão nem dando descargas nas privadas do aeroporto, tendo comprado um violão de doze cordas, uma sanfona de oito baixos, um bumbo e um triângulo, montado um grupo de animação de forrós e saído pelo sertão afora. De *Sir* Lancelote e sua majestática comitiva, porém, nada mais se soube desde o dia em que se internaram no interior pernambucano, rumo a Serra Talhada. Sumiram como caravelas abarrotadas de ouro atacadas por piratas ingleses ou o inquebrantável orgulho do

Império Britânico partido com a independência da Índia – sem deixar vestígios. Mas, à boca pequena, duas versões disputam a credulidade popular, entre bodegas de pinga e portas de igrejas, encontros de comadres e desafios de feira: a primeira faz constar que, de fato, encontraram o disco voador, condecoraram o comandante com a Ordem da Real Cavalaria Alada e, no vislumbre de mais uma colônia anexada aos domínios de Sua Majestade, embarcaram na nave e foram levados para outro planeta, sem direito a passagem de volta; a segunda versão assegura que, aguardando há séculos o retorno de dom Sebastião, rei de Portugal, os moradores de Serra Talhada, ao depararem-se com tão imponentes figuras, acolheram *Sir* Lancelote com honras monárquicas e, julgando-o tão imortal quanto insensível, fizeram com que ele e sua comitiva passassem, a pé descalço, pelas brasas da fogueira de São João, armada em vinte metros quadrados de capoeira, sem que haja notícia de que tenham conseguido sair do outro lado.

Ondas sonoras que atraiçoam o sentido original de emissões radiofônicas partidas de Caratinga e multiplicadas mundo afora provocaram confusões em torno da curiosidade pelo disco voador, levando os franceses a Japaratinga, em Alagoas; os italianos a Paratinga e os holandeses a Guaratinga, na Bahia; os suíços a Guiratinga, no Mato Grosso; os belgas do lado flamengo a

Tabatinga, em São Paulo, e os belgas do lado francês a Tabatinga, no Amazonas.

Os únicos que acertaram, de cara, a localização geográfica exata de Caratinga foram os filhos de Tio Sam, que, mesmo fadados por vezes à condição de marido traído, que é o último a saber, são sempre os primeiros a puxar o gatilho. Pelas possantes lentes do telescópio do monte Palomar, já haviam visto a praça da cidade mineira, as meninas que passeavam de um lado e os rapazes que posavam do outro, a delegacia local e os presos varrendo a calçada, o bar da sinuca e suas garrafas de groselha, a igreja matriz e seus quadros com as estações da via-sacra, e a filial das Casas Pernambucanas com as fazendas espalhadas sobre os balcões. Só não conseguiram ver o aeroporto, pois jamais podiam imaginar que fosse aquela faixa de terra batida no meio do mato, toda machucada de poças d'água lambidas pelo gado que pastava modorrentamente. Por isso, tiveram a precaução de embarcar uma frota de helicópteros no bojo dos gigantescos aviões da força aérea americana, barulhentos como um trator, gordos como uma baleia, rápidos como uma declaração de guerra e desafiadores como um canhão à frente da aldeia de peles-vermelhas.

Os *Búfalos* ianques vieram equipados com intérpretes de línguas mortas, vivas e por nascer, laboratórios de análises químicas e físicas, computadores que viajaram jogando xadrez e um batalhão de técnicos do Cabo Canaveral. Chegaram ao Brasil em poucas horas, agitadíssimos, sob o comando de *Mister* Rough, homem de dois metros e dez de altura, cinquenta e cinco centímetros de largura, óculos raiban, chicletes saltitando como um sapo em sua bocarra, camisa estampada com coqueiros e cachos de banana, chapéu de feltro com uma peninha de arara ao lado, sandálias tamanho sessenta, e vinte e três quilos de aparelhos fotográficos dependurados no pescoço.

Mister Rough, veterano da guerra da Coreia – onde foi tão condecorado que seu peito parecia um bazar – trouxe uma equipe integrada por quinze pilotos (agentes da CIA); doze cientistas (policiais do FBI); nove pesquisadores de Objetos Voadores Não Identificados (empresários interessados em comprar o disco e levá-lo para a Disneylândia, onde ficaria exposto à visitação pública a cinco dólares a entrada); seis intérpretes (diplomatas do Departamento de Estado incumbidos de apurar as possíveis ligações dos tripulantes da nave com a União Soviética); e dois geólogos (altos funcionários da Boeing e, ao mesmo tempo, espiões comerciais da American Airlines, afoitos por adquirir o *nourrau* da nave para fabricá-la, em série, nos Estados Unidos).

É verdade que quem tem boca vai a Roma e quem tem avião o tempo soma, de modo que comissões de outras bandeiras, incluídas canadenses, alemães e austríacas, acabaram encontrando o rumo de Caratinga, meritosa cidade devidamente localizada nos melhores mapas e palco de honrosos acontecimentos históricos, infelizmente ausente de nossas melhores enciclopédias.

As precavidas autoridades de Curral del Rey, capital mineira, sabedoras de que os olhos do mundo voltavam-se para Caratinga, onde estaria estacionado o disco voador, acharam por bem enviar uma equipe de representantes, considerando que o orgulho nacional ficaria profunda e irreparavelmente ferido se os mineiros não fossem os primeiros a estabelecer contatos imediatos de terceiro grau. Decidido em reunião palaciana, publicado no *Diário Oficial*, o decreto do governador foi oficiado ao comandante da Polícia Militar, sendo que a papelada, do palácio ao quartel, levou mais tempo para chegar que a viagem do *Mister* Rough e seus homens do Cabo Canaveral ao aeroporto da Pampulha. Recebido o ofício, o comandante passou um rádio à guarnição militar sediada em Caratinga, instruindo o tenente oficial do dia a deslocar-se com a tropa para o campo de pouso da cidade, a fim de cercar a nave, impedir a aproximação de curiosos, deter a tripulação em caso de desobediência às nossas leis e manter a ordem pública a qualquer custo, pois – frisou o comandante – sem ordem não há progresso, e o lema de nossa bandeira não pode ser desprezado por um bando de visionários espaciais.

Nesse ínterim, o governador, reunido com o secretariado, discutia qual órgão do governo seria o mais indicado para comparecer ao local, suscitando a sugestão do chefe da pasta de Educação, de enviar funcionários regionais do Serviço de Proteção ao Índio, acostumados a línguas estranhas; a opinião do Chefe de Polícia, de prender a nave e os tripulantes por invasão do território nacional; o palpite do secretário da Saúde, de usar os seres extraterrenos como cobaias em investigações científicas; e o aparte do Chefe da Casa Civil, de transformar o disco em cabo eleitoral no próximo pleito. Recusadas as propostas e constatado que nenhum órgão do governo de Minas se dedicava a pesquisas espaciais ou fabricação de foguetes ou análise geofísica extraterrena ou a qualquer coisa similar ou aproximada, decidiu-se que o mais indicado seria enviar a equipe do Departamento Cartográfico da Secretaria de Viação e Obras Públicas. Sem maiores protelações, a equipe foi convocada: Alcebíades Fornalha, míope de fazer dó, escriturário; Odorico Malmequer, dotado de um nariz que, não raro, era confundido com seu cotovelo, técnico em pantografia; Valtércio Mapamúndi, careca como uma bola de bilhar, especialista em cartografia; Epaminondas Cruz, com tufos de cabelos nas ventas e nas orelhas, topógrafo e brevetado pelo Aeroclube de Minas Gerais; e Geonivaldo de Sousa, o Geo, viciado em sono e tido como entendido em tudo que tivesse raiz no prefixo de seu nome.

O aeroporto da Pampulha, congestionado pelos aviões que faziam escala com destino a Caratinga, parecia uma colmeia de abelhas encravada no cume da Torre de Babel. Levados por uma jardineira da Secretaria de Viação e Obras Públicas, os cinco funcionários preferiram embarcar no aeroporto Carlos Prates, antigo campo de futebol adaptado, recordista nacional de acidentes, pasto de cabras nas horas vagas e campo de peladas aos domingos. Tiveram a sorte, agradecida por Malmequer como uma bênção dos céus, de encontrar um DC-3 à sua espera. Mapamúndi aproveitou a ocasião para um rápido discurso de elogio à eficiência do governo mineiro, que, prontamente, colocou um avião à nossa disposição, pois confesso, aliviado, que pensava encontrar um teco-teco qualquer sob o comando de Epaminondas, em quem não confio nem como motorista quanto mais como piloto. Dirigido por três tripulantes amáveis e sorridentes, o DC-3 decolou em tempo suficiente para Geo pegar no sono, enquanto Fornalha abria a folha de papel almaço para redigir o cabeçalho da "Missão Santos Dumont rumo ao futuro desconhecido".

O voo teria ocorrido sem maiores problemas, não fosse o medo de Mapamúndi, achando que o avião corria demais, e o enjoo de Malmequer, que pôs para fora oito macarronadas com molho à bolonhesa, seis bifes a cavalo, quatro pratos de batatas fritas e dois pastéis de bacalhau. Os tripulantes, muito atenciosos, de quando em vez abriam a porta da cabine de comando e sorriam para os passageiros aturdidos com os roncos de Geo, mergulhado em profundo sono e sonhando que desembarcava em Marte, recebido como um deus, numa tarde verde, por um séquito de lindas marcianas rosas, que o conduziram ao castelo do rei Flash Gordon, que se ajoelhou a seus pés.

Mais rápido do que supunham, os cinco funcionários do Departamento Cartográfico viram-se pousando num campo de futebol nas cercanias de Caratinga, já que a pista de pouso se entupira de aparelhos que exibiam as mais variadas bandeiras. Os atenciosos tripulantes abriram a porta do DC-3, desceram a escada e disseram à equipe que não se preocupasse, pois estariam à disposição quanto tempo fosse necessário.

Milhares de pessoas formigavam em torno do campo aeroviário de Caratinga, invadido por fotógrafos e cinegrafistas à espera da oportunidade histórica de registrar a existência do comentado disco. O dia estava claro, lavado, uma brisa leve soprava acanhadamente sobre o palco das atenções internacionais, onde *Mister* Rough se encontrava dez metros acima do solo no helicóptero da Marinha estadunidense, do qual descia e subia por uma escada de fibras de náilon e gritava *guerro falarr a perfeito, guerro falarr a perfeito,* e ninguém na cidade se julgava suficientemente perfeito para ir falar com *Mister* Rough que, vermelho de raiva, espumando chiclete pela bocaça, já tramava abrir um canal marítimo até Caratinga para permitir que a Quarta Frota invadisse a cidade, quando Mapamúndi, ouvindo aquilo, deduziu que *Mister* Rough desejava falar com o prefeito e, aproximando-se, disse ao homenzarrão de coqueiros e bananas na camisa que sou a autoridade máxima aqui, represento o governo do Estado, o que o senhor deseja, e *Mister* Rough, dando *muncho brazerr,* elevou seu vozeirão, acusou os caratinguenses de terem escondido o disco voador e exigiu, em nome da ciência universal e da boa amizade entre os povos livres, que a nave lhe fosse mostrada, pois só então entregaria as cinquenta arrobas de trigo, as cinco mil latas de leite em pó, os quinhentos quilos de açúcar de beterraba e os oito mil engradados de Pepsi que, em nome da inabalável integração pan-americana, o governo de seu país enviara aos habitantes da cidade.

Malmequer meteu-se na conversa, explicou que ali residia um povo sério, que jamais faria uma coisa dessas, enquanto Epaminondas mandou chamar o tenente oficial do dia para saber se o senhor cumpriu as ordens que Sua Excelência, o governador, remeteu ao comandante para enviar ao senhor? Ao que, após seis continências e quatro batidas de calcanhares, o tenente engoliu a seco e respondeu sim, Excelência, ocupei o aeroporto com minha tropa, expulsei as vacas, detive o mecânico, o faxineiro e o carregador de bagagens, mas disco só encontrei um escondido na gaveta da mesa do representante local da Panair, e posso assegurar a Vossa Excelência que há três horas o interrogamos exaustivamente e, afinal, confessou tratar-se de um disco de Vicente Celestino. Já entramos em contato com a Interpol para que interrogue o senhor Vicente Celestino, a fim de que explique como fez chegar o disco à nossa terra.

Boca Leve, radialista responsável pela notícia do disco voador, foi chamado à presença de Geo, que, bocejando, indagou a procedência da informação, gostaria que o senhor geografasse a descida da nave, assemelhava-se por acaso a um corpo geoide, faça uma descrição geometral, ao que Boca Leve, muito desapontado, explicou tratar-se de uma simples brincadeira entre amigos, uma aposta que haviam feito ao fim de uma rodada de sete dúzias de cerveja, quando então Boca Leve assegurou, em troca de não pagar bebida durante um ano, que em menos de vinte e quatro horas faria o mundo ajoelhar-se aos pés de Caratinga. Ao que Fornalha, esforçando-se por enxergar o radialista através de suas lentes fundo de garrafa, acrescentou um taxativo dito e feito!

Mesmo assim, *Mister* Rough não se conformou e, consultados os agentes da CIA, decidiu invadir Caratinga em busca do disco.

Envergando o uniforme dos fuzileiros navais, as tropas do general Rough abriram trincheiras nos arrabaldes da cidade, minaram as estradas, montaram acampamentos nos sítios, confiscaram o gado e, todos mascando chicletes no mesmo ritmo, marcharam rumo às ruas principais. Um *Búfalo* fez voo rasante, espalhando panfletos com a estampa do Tio Sam de cartola listrada de vermelho e azul, apontando o dedão indicador e, embaixo, a frase "Eu conto com você". A banda dos fuzileiros, no coreto da praça, tocava furibundamente músicas marciais, enquanto um soldado, sósia de Bob Hope, distraía os transeuntes com piadas sem-graça.

Nas casas, portas e janelas foram arrombadas a golpes de baioneta, e os moradores, mãos na cabeça, conduzidos em fila indiana para o interrogatório, que começava com a oferta de cigarros e chocolates, passava à aplicação do detector de mentiras e terminava em afogamento para que confessassem o esconderijo do disco. Todas as residências foram vasculhadas, os pisos, arrebentados, os telhados, derrubados, os quintais, esburacados, as garagens, evacuadas, os galpões, invadidos, enquanto o alto-falante da igreja matriz transmitia a voz romântica de Frank Sinatra. As crianças choravam assustadas, tinham medo de pegar as revistas de Walt Disney distribuídas gratuitamente por mulheres louras e gordas, fardadas como soldados e falando uma língua que ninguém entendia. As moças eram aliciadas; as frutas tropicais – ponto fraco do general Rough –, saqueadas; patos, perus e galinhas, roubados; os rádios, lacrados; os fios de luz e telefone, cortados. A passagem das tropas, que abriam trincheiras ao longo de cada rua, era seguida pelos membros da Igreja Jesus da Bondade, assepticamente uniformizados, distribuindo sacos de trigo, latas de leite em pó, açúcar de beterraba, Pepsi, e a promessa de que o governo dos Estados Unidos indenizaria todas as perdas e danos, através de doações e empréstimos perpétuos ao governo brasileiro. Ao fim da Operação *White Face*, o general Rough contemplou a cidade do alto de seu helicóptero estacionado cinco metros acima da torre da igreja matriz e lembrou-se do que vira após a intervenção ianque na Coreia.

À porta da prefeitura de Caratinga, Valtércio Mapamúndi leu a nota de veemente protesto contra a agressão estadunidense, redigida pelo escriturário Alcebíades Fornalha, em nome dos integrantes da "Missão Santos Dumont rumo ao futuro desconhecido", toda embasada em citações da Constituição dos Estados Unidos, do Barão do Rio Branco, de Rui Barbosa e da Declaração Universal dos Direitos Humanos, recebida entre aplausos e vivas pela população que começava a ser socorrida pela Cruz Vermelha Internacional. Só Geonivaldo de Souza praguejava, inconformado por ter sido voto vencido na proposta de se tirar uma declaração de guerra, porque mineiro dá um boi para não entrar na briga e uma boiada para não sair dela.

No auge das manifestações cívicas, um furacão abateu-se sobre a cidade, seguido do rugir de mil feras, que eram os *Búfalos* do general Rough levantando voo, sem que ele descuidasse de deixar em Caratinga oito agentes da CIA, disfarçados de pregadores evangélicos, seis policiais do FBI, vendendo *filé-miau* em carrocinhas, quatro fuzileiros navais infiltrados na banda de música local e dois espiões do Departamento de Estado, como professores particulares de inglês.

Canadenses, austríacos, alemães e demais gringos, ao partir frustrados, trincavam as paredes das casas com as vibrações de ar provocadas por suas aeronaves. Sem nada mais a fazer na cidade, os cinco funcionários do Departamento Cartográfico retornaram ao campo de futebol, onde o DC-3 os esperava pronto para decolar. Os emissários do governo mineiro foram gentilmente recebidos no avião pelos cordatos tripulantes e, antes que Geo pegasse no sono, já estavam de volta à capital. Epaminondas, que se julgava entendido em aeronáutica, achou esplêndida a viagem, embora Malmequer, por predisposição, tivesse vomitado dez litros de Pepsi sob o olhar perplexo de seus colegas, e Mapamúndi, por medo, terminasse o regresso no colo de Fornalha.

Ao aterrissar no aeroporto Carlos Prates, a equipe agradeceu a boa vontade da tripulação e, antes de desembarcar, disse aos pilotos apareçam lá na Secretaria para tomar um cafezinho, qualquer coisa que precisarem no governo podem contar com a gente, tudo de bom para vocês, sem faltar a gentileza da troca de cartões de visita.

Fornalha, Mapamúndi, Malmequer, Epaminondas e Geonivaldo já embarcavam na jardineira da Secretaria que fora buscá-los, quando sentiram pelas costas um súbito deslocamento do ar e, virando-se, viram o DC-3, silenciosamente, levantar voo na vertical, recolher as asas, dilatar o dorso, adquirir uma forma oblonga como um pastel, uma luminosidade feérica, dourada e transparente como um raio solar e, obliquamente, desaparecer na direção do horizonte. Nos cartões que seguravam em suas mãos trêmulas, os cinco funcionários viram impresso: *Nave 777 – Vênus.*

O Enviado

O Diabo considerou que, pelo andar da carruagem, o Inferno andava ameaçado de falência. As pessoas haviam perdido o senso de pecado; já não se distinguia o limite entre o bem e o mal. Corruptos eram aclamados como salvadores da pátria, gente dedicada aos pobres aparecia na mídia como endiabrada.

O Conselho de Diabos decidiu enviar um emissário à Terra. Cabia-lhe pesquisar as causas do crescente desinteresse das pessoas pelas tentações do demônio, já que os sex shops fechavam suas portas tão rápido quanto abriam, o adultério refluía, grande parte da maldade praticada decorria da ignorância e, portanto, não podia ser creditada na conta de pecado.

Cara de Cão, o Enviado, disfarçado de humano, apareceu em Curral del Rey. À primeira vista agradou-se com o que viu: as avenidas eram ladeadas de propagandas eróticas, a TV tinha um poder de sedução que Belzebu nem desconfiava, o assassinato tornara-se banalidade praticada por crianças e governos.

O que mais chamou a atenção de Cara de Cão foi a irresistível atração que o dinheiro exercia sobre as pessoas. Uma família havia se desintegrado e os irmãos tornaram-se inimigos figadais por desacerto na partilha da herança; dois velhos amigos nutriam-se de ódio um pelo outro ao não concordarem a respeito dos centavos de um acerto entre eles; uma jovem de família honrada prostituiu-se diante da proposta de ceder carícias em troca de certa quantia; um deputado mudara seu voto num importante projeto social e aceitou sacrificar a população carente da periferia desde que depositassem em sua conta o suficiente para realizar o sonho de comprar casa na praia.

Cara de Cão, ao retornar desolado ao Inferno, compareceu perante o Conselho do Fogo: estamos em baixa na Terra, admitiu. Agora quem conquista corações e mentes é o dinheiro.

O velho Satã arrancou o cachimbo da boca e curvou-se sobre a mesa, com os olhos fixos no Enviado: o que é dinheiro? Uma categoria de anjos que, como nós, foi também expulsa do Paraíso?

É algo muito pior, retrucou Cara de Cão. Nós fomos expulsos do Éden e aqueles que nos seguem têm como recompensa o Inferno. O dinheiro seduz porque promete o Paraíso.

Você, Cara de Cão, não deu a devida atenção à pergunta do velho Satã, interveio Belzebu. O dinheiro é uma pessoa, um anjo, uma entidade sobrenatural?

É um papel. Em pequenas quantias existe em forma de metal. Em quantias fabulosas só como aplicação financeira e cifras em computadores.

Em volta, demônios coçaram a cabeça confusos. O Mulo de Duas Cabeças pediu esclarecimentos: não entendo. Como um papel, inflamável à simples tosse de um diabinho, pode encerrar tanto poder?

O papel-moeda, comumente chamado de nota, equivale ao valor das coisas e pode comprar tudo aquilo que corresponde ou está abaixo de seu valor. Se a mercadoria está acima, é preciso juntar mais papel.

Quer dizer que no mundo dos humanos, observou Pata de Cabra, não há trocas?

Cara de Cão explicou: lá tudo se vende: alimentos e livros, ideais e beleza; funções de poder e dons sobrenaturais.

Vendem alimentos?, espantou-se o Glutão. E se a pessoa não tem dinheiro?

Morre de fome, disse o Enviado.

O velho Satã indagou: por que quantias fabulosas soam apenas como cifras no computador?

Porque não se pode encostar uma jamanta à porta de um banco e levá-la ao mercado. Mesmo porque o banco não teria à disposição tamanha soma. Assina-se um papel chamado cheque ou digita-se um código e, súbito, a riqueza é transferida de uma conta à outra, de um país a outro.

O velho Satã deu uma baforada no cachimbo e arrematou: se é assim, creio que o Inferno está com os dias contados. Perdemos a batalha do marketing. Enquanto prometemos aos nossos candidatos sofrimentos e chamas, o dinheiro acena com prazeres, sucesso e poder. É uma competição desigual. Há que reconhecer: Mamon nos desbancou.

De como um paraibano, em Minas, foi convidado pelo imperador Carlos Magno para ser apresentado ao rei de Portugal

As coisas que se sabem ocorridas com José Teixeira, tratado entre os colegas pelo nome de sua terra de origem, Paraíba, há quem diga existir forte dose de mistério na figura desse empregado da Metalúrgica Alterosa S. A. Após os fatos acontecidos naquele fatídico dia de agosto, houve quem dissesse possuir o referido personagem dons mediúnicos. Amigos merecedores de suas confidências juravam que Paraíba descendia de nobres holandeses retidos em sua terra, após a fracassada invasão ocorrida no século XVII.

Se não lhe é dado o talento de historiador, resta ao cronista narrar os fatos tal como se passaram, embora não se tenha conseguido apurar o destino de José Teixeira, vulgo Paraíba, desaparecido, segundo uns, nos labirintos da burocracia da Previdência Social e, segundo outros, nas largas e estreladas alamedas da Via Láctea.

O que ficou registrado foi que, ao dar uma olhada para o relógio do galpão, Paraíba verificou passar das onze horas. Sentiu um buraco enorme e oco na barriga e, na boca, um gosto de papel mastigado, a língua seca, a saliva difícil. Ao redor, tudo vibrava sob um ruído ensurdecedor. Placas gigantescas pendiam do teto sustentadas por guindastes amarelos, ressoando no ar como se fossem folhas de zinco. Paraíba cuidava da solda, protegido por óculos especiais e, ao ligar seu instrumento de trabalho no fim daquela manhã, teve os olhos ofuscados por um intenso brilho azul-prateado: viu um céu cheio de estrelas e oito cavalos negros puxando luxuosa carruagem vermelha, toda forrada de veludo. Um clarim de anjos anunciou o silêncio que pairou sobre o Universo. Uma mulher branca como a neve, com os pés sobre o sol, estendia as mãos no limiar do horizonte, e a luz inundava a Terra, enquanto as comportas de água eram abertas para encher os mares.

De repente, Pedro Taquara, de merecida alcunha por sua extrema magreza, e que trabalhava no mesmo setor, deu um empurrão em Paraíba: como é que é, rapaz, não vai comer? Só então ele percebeu que a sirena do almoço soara e o movimento cessara no galpão.

Porque o sol incendiava o pátio onde os operários comiam suas marmitas requentadas, Paraíba buscou a sombra sob a calha do galpão. Arroz, feijão, farinha e jabá. Taquara, que morava com a família, desembrulhou meio pão recheado com margarina, por medida de economia, pois preferia não gastar no almoço e, assim, jantar melhor em casa.

Já assinaram sua carteira? perguntou Taquara, a boca estufada de pão, as bochechas finas levemente dilatadas, a voz fanhosa. Estive lá ontem à tarde e acabei topando o acordo: recebo dois salários mínimos, mas só um fica registrado na carteira. E os descontos? Só os de lei. Me dão alojamento e comida de graça, por ter mulher e filhos. Se Deus quiser, me viro aqui com um salário e mando o outro para a Paraíba, de modo a garantir, à Quitéria e aos meninos, o nosso pedacinho de chão.

Que era costume dele ficar pensativo, olhar vago, perdido no espaço, foi o que todos disseram e reafirmaram, a ponto de se lembrarem que, naquela manhã, ele, sob a calha, mastigava sem apetite, olhos fixos nas jamantas que aguardavam, no pátio, as cargas de chapas de aço, entre as quais passava a fila que se estendia junto à porta do único mictório para os empregados da metalúrgica.

Quitéria já deve ter dado de comer aos meninos e logo Juliano vai estar forte, pronto para pegar na enxada e tocar pra frente o roçado, e Luís, juro que vou pôr esse cabra da peste na escola, tem cara de sabido o moleque; assim, um ajuda a família com o braço, outro com a cabeça, que é pra todo mundo se admirar diante de nossa riqueza. Quitéria, toda de renda branca que nem uma Maria Santíssima, os meninos de sapatos pretos nos pés, comprados novos na feira, e eu com aquelas botas safadas, de cano longo, brilhando como se fossem de coronel, e o povão todo vendo a gente na porta do palácio do imperador Carlos Magno...

Pelo que se sabe do prosseguido, Taquara saiu com um come logo, rapaz!, quebrando a imaginação de Paraíba, que, assustado com o apito estridente da firma, se pôs de pé como se houvesse sido repreendido pelo chefe da oficina. Regressaram ao galpão onde o zunido irritante do aço sendo cortado penetrava nos nervos de cada um dos duzentos homens que ali trabalhavam. As batidas cadenciadas do martelo mecânico sobre as chapas de alumínio impediam que um ouvisse a voz do outro, a menos que fosse na gritaria, porque era coisa de um estalar contínuo e, a cada vez que o martelo descia, Paraíba sentia cérebro e vísceras serem esmagados sobre a chapa. O grito metálico das peças ressoava em sua barriga, desenrolando-lhe os intestinos, uma grande corda a querer sair pela boca. A serra eletrônica dilacerava-lhe as carnes e serrava um por um os ossos, que eram velozmente serrados, serrados, serrados, sem que nunca acabassem de ser serrados por aqueles dentes afiados, enquanto as roldanas da esteira giravam dentro da cabeça e, a cada vez que engasgavam, davam em seu corpo um calafrio tremendo. Por isso, de vez em quando, num gesto instintivo, Paraíba passava as mãos na cabeça e no tronco, como se a abraçar a si mesmo com a certeza de estar inteiro.

Vai dar!, gritou ele a Taquara, que limava um parafuso a seu lado. O quê?, berrou Taquara, ao perceber que o companheiro falara algo. Vai dar para mandar pouco mais de um salário para casa, já fiz as contas, tem banco aqui em Curral del Rey? Tem, lá na avenida Amazonas. Sábado vou lá depositar. Sábado fica fechado. A queda súbita do martelo mecânico engoliu a última palavra de Taquara. Fica fechado, repetiu ele. Tem certeza? Tenho, banco só abre na hora em que a gente está de serviço.

Não faz mal, pensou Paraíba, firmando a solda elétrica na mão direita e maquinando que bastaria dar uma queimada nos dedos, pedir médico e sair mais cedo para ir ao banco, plano que, aceso em sua cabeça, apagava-se à medida que o raciocínio se condensava, ganhava forma, materializava-se no enorme tubo que balançava dentro do galpão, seguro pelas garras amarelas do guindaste e, em seguida, um tilintar de correntes escorregou pelos ares e fez quatrocentos olhos voltarem-se para o fantástico charuto negro que o gigante amarelo não conseguia levar à boca, a ponto de o charuto deslizar e bater na ponta da esteira, provocando um estrondo que abafou os gritos de dois operários atingidos. Paradas as máquinas, todos correram para socorrer os colegas, exceto Paraíba, que contemplava o guindaste, um carro de ouro atravessando os céus e, lá de dentro, alguém lhe fazia sinal: era Quitéria, com uma coroa de pedras preciosas e um vestido azul como o mar; a seu lado, na cabine de cristal do carro a flutuar sobre as nuvens, Juliano e Luís exibiam, contentes, seus trajes de príncipes, enquanto as cornetas anunciavam a chegada do imperador, o que fez Paraíba ajoelhar-se para saudar Sua Majestade, porém a freada brusca da ambulância à porta do galpão apagou o quadro que o inebriava.

Pelo que ficou registrado do ocorrido, retirados os corpos, as máquinas foram novamente ligadas e todos voltaram ao trabalho. Paraíba fixou os olhos no relógio da entrada, faltava pouco para terminar o horário de serviço e, na sua cabeça, a ideia de que vai dar tempo de ir ao banco no dia do pagamento, saio daqui direto, passo rápido pelo alojamento, pego o ônibus, chego lá antes de o banco fechar, aí mando o dinheiro pra Quitéria e os meninos, posso até fazer mais horas extras na véspera, para poder sair mais cedo no dia de enviar o dinheiro, pois eles devem estar num aperreio danado com a minha saída, mas Deus e meu santo Padim Ciço carecem de ajudar a gente.

O alojamento ficava a um quilômetro da metalúrgica, do outro lado do asfalto, no qual sempre morriam três ou quatro operários por mês, dizem que por falta de atenção e excesso de canseira. Os diretores da firma consolavam as famílias enlutadas afirmando que, ainda que fora do serviço, atropelamento na saída ou na entrada conta como acidente de trabalho, dá direito à indenização, além de o sindicato pagar as custas do enterro e dar bolsas de estudos para os órfãos até 12 anos. O alojamento era todo em madeira; cada dormitório abrigava quarenta homens em vinte beliches, sucata de um quartel, com colchões recheados de jornais velhos, o frio do inverno entrava pelas frestas, enquanto a cachaça corria de boca em boca, o teto de alumínio batucando em noite de chuva e aquecendo o recinto durante o verão, e os banheiros, no vão central, sempre entupidos, exalavam cheiro de bosta.

Neste memorável dia, Paraíba tomou banho ao chegar ao alojamento e vestiu a única roupa que possuía além do macacão de trabalho: sapatos marrons com um palmo de salto, calça verde boca de sino, camisa vermelha de algodão. Sentiu o cheiro vindo do banheiro mesclado ao das primeiras garrafas de pinga abertas ali dentro, malgrado a vigilância dos guardas responsáveis pela segurança da firma. Zé Vicente, do Ceará, tirava, em seu velho violão cariado de uma corda, música de Luís Gonzaga, enquanto Dorico, recém-chegado de Alagoas, cantava de um jeito que Paraíba achou muito triste; os mineiros Tião Mariana, Geraldinho Parangolé e Eustáquio Caldeireiro, com o paraense Tinoco Pirarucu, jogavam truco numa cama de baixo, bravejando cartas puídas e ensebadas ao som do radinho de pilha de Minhoca, deitado em cima, enquanto Vado Come-Quieto escrevia cartas, sentado no chão e o bloco apoiado no colchão. Lá no fundo, Pelezão, negro forte e manso, acendia uma vela sob a estampa de São Benedito, sem se dar conta da farra que, em torno da cama de Honorino Lambe-Lambe, fazia o grupo se deliciar folheando uma revista com fotos de mulheres nuas. E Paraíba andava de cá para lá, de lá para cá, no corredor do alojamento, e escutava mas não ouvia, enxergava mas não via, siderado por transcendentais preocupações.

Às dezoito horas, tocou o sinal; todos saíram para a cantina do alojamento. Paraíba nem deu pela fome, tão mergulhado andava em seus pensamentos, porém o guarda de vigilância o forçou a sair, a ordem é não permitir que ninguém permaneça no dormitório na hora da janta. Enquanto seus colegas faziam fila junto à cantina, ele continuou a caminhada sob o céu roxo que apagava o dia e exibia as primeiras estrelas. Dava trinta passos e retornava, mais trinta passos e voltava.

Como todos os dias às vinte horas, o guarda desligou a luz do alojamento. Quase todos já dormiam, vencidos pelo cansaço, enquanto Paraíba continuava do lado de fora, alegou estar sem sono, e andava de um lado para o outro, vendo as estrelas que se acendiam com a noite e, ele, vestido de púrpura, com um esplêndido manto de cetim branco, estendido de seus ombros ao chão, espada de prata na cintura, chapéu de veludo negro sobre a cabeça, enfeitado por uma pena branca, anéis de ouro reluzindo em seus dedos e, no pescoço, um colar de prata incrustado de diamantes. Suas botas de cano longo brilhavam como as de um coronel, enquanto o cidadão José Teixeira, neste século mais conhecido pela alcunha de Paraíba, aguardava, num determinado ponto de Minas Gerais, o momento em que os mensageiros do imperador Carlos Magno viessem chamá-lo, pois nessa noite, os Doze Pares de França seriam solenemente apresentados ao rei de Portugal.

Dos fatos finais, consta que, cerca de vinte e duas horas, a ambulância encostou junto ao alojamento. Paraíba resistiu, insistiu que ele, como um dos Doze Pares de França, merecia mais respeito, quem me tocar será morto pelos cavaleiros do imperador Carlos Magno, saiam daqui porque já estão vindo me buscar, vou ser recebido por Sua Majestade, o rei de Portugal, não estraguem meu uniforme de gala, vocês são uma gente safada que não quer obedecer às ordens do imperador, vão pagar por isso, seus malditos. Os guardas enfiaram nele a camisa de força e o jogaram dentro da ambulância.

Quando a viatura corria pela avenida Amazonas, a caminho do hospital, Paraíba recobrou a calma e, pela fresta do vidro, viu a estrada celeste pontilhada de estrelas trafegada pelos mensageiros do imperador Carlos

Magno, montados em cavalos negros com arreios de prata, vindo ao seu encontro, cercados por uma legião de anjos tocando clarins. Atrás, numa carruagem reluzente como a lua, Quitéria e os meninos, ricamente vestidos, abriam os braços para receber Paraíba, que subia pela Via Láctea em seu fogoso cavalo branco com arreios de púrpura, rumo ao palácio do rei de Portugal.

Rosa dos ventos

Passados dez anos, o reencontro. Quase um milagre, porque a vida, se não é a arte do desencontro, é um emaranhado de trilhas nas quais nos perdemos justamente ao acreditar que ali nos achamos. Não são os descaminhos a marca da insuficiência de nossos passos trôpegos. É o mapa impresso em nossa alma que denota aclives e declives, penhascos e desfiladeiros, miríades acidentes que se chocam com o voo linear traçado em nossas cabeças. A vida surpreende a si mesma, e nem sempre os atalhos são vias mais curtas; em geral, as mais complexas, armadilhas nas quais nos metemos movidos pela pretensão de que por ali haveremos de ganhar tempo e espaço.

Dez anos é a metade de uma juventude e quando se é jovem não se tem ideia de que promessas de reencontros são quase sempre românticos propósitos vazios de sentido, carentes de realidade. Como aqueles casais que veem o amor despedaçar-se ao encontro do imprevisto e, machucados pela culpa, pela frustração, por sentimentos funéreos que os acossam na hora da despedida, proferem indigentes palavras de que haverão de ser amigos, um encontro de quando em vez, um jantar... e nunca mais seus caminhos se cruzam. Fica a lembrança, no início ferida forte e funda; depois, névoa que encobre na distância o que antes parecia tão próximo, os sentimentos cicatrizados por novas descobertas, essa admirável capacidade de recriarmos pele sobre pele, na ânsia de ressuscitar de todos os abismos nos quais o destino nos precipita.

E se ela não aparecer? Por que estou eu aqui emaranhado em pensamentos e sentimentos contraditórios, dez anos depois a caminho de um compromisso que, talvez, tenha ficado gravado apenas em minha memória? se perguntava Lúcio. Ó, maldito senso de responsabilidade que o fazia adiantar-se aos encontros, até mesmo ao despertador programado para acordá-lo! Jamais esquecera do acordo feito há uma década. Quem, no entanto, garantia que ela se lembraria? Sim, ao longo desse tempo chegara a ele vagas notícias de Mabel, fotos desbotadas, silhuetas imprecisas, pegadas em areia do deserto... Sabia que ela viria da Itália, onde vivia com marido e dois filhos, para o aniversário de cinquenta anos da mãe.

O acaso poderia haver sonegado o reencontro. Há tantas esquinas no rumo da existência e, nelas, bueiros destampados, e nos bueiros a goela funda e escura cuja voracidade nos mira gulosa. Que sabemos do amanhã, se o próprio tempo só sabe de si no presente? Um acidente, a morte; a doença imobilizadora, deletéria; o olvido, a memória do compromisso tragada pelas inquietações da vida; e ainda a indiferença, a desatenção, a omissão.

Como podem duas pessoas agendar um encontro para daqui a dez anos senão no ato de fé? Aqui se subvertem a razão, a equação, a previsão, a lógica. Lúcio aceitara a contragosto o fim do noivado, e a memória de Mabel só permaneceu viva porque jamais amara outra mulher como a ela. Ao se despedirem, sem beijo e sequer aperto de mãos, ele lhe entregou o pequeno pedaço de papel com o epigrama de Ernesto Cardenal: *Ao te perder, tu e eu perdemos: eu, porque tu eras quem eu mais amava; e tu, porque era eu quem mais te amava. Porém, de nós dois tu perdes mais do que eu, porque eu poderei amar a outras como te amei, mas a ti não haverão de amar como te amava eu.*

Agendara o compromisso mordido por esse gosto de eternidade impregnado no paladar quando se tem vinte anos, sem a menor ideia de que a vida é jogo, cujas regras não muito diferem do futebol, da sinuca, do baralho. Questão de talento e sorte. Nunca se sabe o que nos aguarda na próxima partida. Pode-se vencer ou perder. São inimagináveis as forças que conspiram contra essa nossa frágil existência. Por isso o presente é presente, milagre, dom, e só há plenitude no agora, ainda que outras vidas nos aguardem do outro lado da memória que, imprecisa quanto ao passado, sofre de inanição crônica em relação ao futuro.

Ele esperou duas horas no mesmo banco da praça em que se falaram pela última vez. Ao desistir de esperá-la, a tristeza que lhe assomou o coração logo se transformou em alívio. Menos condescendente consigo, considerou o acerto uma infantilidade. Por que Mabel haveria de querer revê-lo após tanto tempo?

Quinze minutos depois ela chegou à praça. O voo de São Paulo para Curral del Rey atrasara. Mabel olhou aflita para todas as direções. Quisera ao menos saber se ele estivera ali ou ignorara o combinado. Pretendia contar-lhe de sua separação.

Início de conversa

Viviam juntos há anos, tragados pela rotina, essa mesmice atordoante, reprise cotidiana de um calendário imutável de quem jamais se imagina dominando o tempo: o banho matinal às pressas, o café engolido, o jornal lido pelas manchetes, o trabalho, o almoço corrido, o trabalho, o lanche da tarde, a noite centrada na TV soberana.

Havia sempre uma voz exterior a decretar o silêncio do casal. Pela manhã, o rádio, as notícias de Curral del Rey e do outro lado do mundo, o horóscopo do jornal, os índices do mercado financeiro. E telefonemas familiares.

Havia pouco tempo para palavras entre eles: não esquecer de comprar azeite, a conta do telefone, cumprimentar o irmão pelo aniversário, a revisão do carro, o cuidado dos filhos. Tudo muito telegráfico enquanto se penteava o cabelo e vestia a roupa. Bastavam-lhes um vocabulário trivial, exíguo, onomatopeico.

Foi numa dessas noites de solidão partilhada que, súbito, vencido o estado de hipnose, ela desligou o televisor, justamente quando a novela atingia aquele momento de ápice que convida os telespectadores a retornarem no dia seguinte. Ele estranhou. Antes de se manifestar, cultivou perplexo seu monólogo interior. O que deu nela? Por que esse gesto impetuoso? Algo na novela a incomodou?

Toda quebra de rotina é um atentado a mecanismos atávicos. Amantes são intempestivos, implodem previsões, irrompem insólitos como vulcões que se recusam a adormecer. Depois o casamento os faz parentes um do outro. As lavas esfriam, a boca incandescente apaga-se, o que era vulcão se transforma numa bucólica montanha apaziguada por brisas suaves, às vezes atingida por pequenos abalos sísmicos. As coisas retomam a sua cronologia, o seu ritmo, e após tantos anos de convivência, não é nada fácil admitir que há no outro um estranho, um lado oculto, submerso, que de repente emerge e desestabiliza.

Melhor que a fera seja mantida a distância, enjaulada nas racionalizações que matam a jovialidade, e domesticada pelo temor de reinventar a si mesmo, camuflada sob o manto da suposta maturidade.

Ele conseguiu manifestar seu desconforto. Enfadara-se ela com o enredo da novela? Andava indisposta? Tinha sono? Não é isso, não é nada disso, ela falou. Quero apenas conversar com você. Há quanto tempo somos o duplo de nós mesmos? Há quanto tempo exibimos pela casa fantasmas que encobrem a nossa verdadeira identidade? Já não suporto esse silêncio. Quero falar de mim, saber de você, refletir, pensar junto, trazer à tona nossas interrogações diante da vida.

Curvada sobre ele, ela o segurou carinhosamente pelos ombros e o fitou nos olhos. Como vai você? O que tem pensado, sonhado, desejado? Apertou-lhe o peito com a mão espalmada: O que sente aqui? Ainda me ama como antes? É feliz?

Ele desconversou. Não estava preparado para inquirições àquela hora da noite. E, ao longo dos anos, aprendera a engolir inquietações, perguntas, desconfianças, disposto a pagar o preço do risco por uma tranquilidade insofismável. Agora, diante dessa turbulência inesperada em pleno voo, não sabia o que dizer, temia ser traído pelas palavras.

Recorreu ao parco vocabulário de uma convivência corriqueira, enfeixou na voz um grupo de sentenças banais, respondeu que a amava muito, sentia-se bem, feliz porque as coisas haviam melhorado no trabalho. Que tal se abrirmos um vinho?, propôs. Ela consentiu, dispôs-se a buscá-lo.

Ao retornar da cozinha com garrafa, taças e canapés, encontrou-o atento ao noticiário de esportes na TV.

Serviram-se e ela se recolheu ao mutismo, acrescentou apenas algumas frases a respeito de si mesma. Beberam como se tomassem fel. Pouco depois, pretextando cansaço, ela precipitou-se rumo ao quarto de dormir.

Ele ficou só. Sentiu medo de seu duplo, de seus fantasmas interiores, de tantas perguntas amordaçadas no fundo do peito. Tirou o som da TV e chorou como há muito tempo não o fazia.

Sentia muita vergonha de si mesmo.

A vida suspeita do subversivo Raul Parelo

Sua mania era ficar na cama até mais tarde, ler fotonovelas, os olhos pequenos enternecidos, o rosto cheio, um pacote de biscoito que matinalmente derrubava os seus propósitos noturnos de iniciar, no dia seguinte, o regime para emagrecer, enquanto ele se levantava sempre às sete horas, beijava a testa de Luísa, fazia sessenta flexões abdominais, assobiava um samba-canção embaixo do chuveiro, penteava os cabelos negros e a barba de poeta que lhe escondia o pescoço, observava no espelho se os fios brancos aumentavam e, como sempre acreditava que não, vestia-se, tomava um copo de leite gelado e bebia uma xícara de café requentado, acendia o cigarro, tragava fundo e gostoso, ia ao quarto de Marcelo e sentia-se envaidecido pelo filho robusto que dormia a sono solto, apanhava o jornal na varanda, dava uma olhada nas manchetes, passava o portão de ferro, caminhava até a esquina e ficava um minuto esperando o carro que todos os dias vinha apanhá-lo, cumprimentava o motorista e partiam.

"Informe nº 98.453
ESTRITAMENTE CONFIDENCIAL
Ao: Chefe do Serviço de Investigações.
De: Coice de Mula.
Sobre: Missão Raul Parelo.

Pelo que apurei nesta manhã de segunda-feira, o subversivo Raul Parelo, acobertado sob a identidade falsa de Afonso Santana, trinta e oito anos, brasileiro, casado com a terrorista Luísa Ferreira, trinta e três anos, brasileira, levantou-se sorrateiramente, antes que sua companheira o fizesse (ela ficou lendo documentos subversivos na cama) e, como treino de resistência na luta, praticou exercícios de caratê, tendo assobiado durante o banho o hino comunista *A Internacional*, tomado um copo de leite e bebido uma xícara de café antes de acender o seu cigarro de maconha, ido ao quarto do garoto, no qual guarda os mapas e documentos do Partido Revolucionário Brasileiro, a fim de verificar se estava tudo em ordem (o desalmado usa o próprio filho como escudo), sendo que deu um sorriso maligno ao constatar que a criança dormia tranquila sobre os planos das ações terroristas, apanhou junto à porta um jornal dessa imprensa nanica de esquerda, andou até a esquina da rua em que se localiza o aparelho e esperou no ponto a chegada de outro terrorista, que foi buscá-lo ao volante do Volks placa AY 6623."

Era terça-feira e Marcelo se encontrava na escola quando sua mãe recebeu em casa duas vendedoras de produtos Avon, que eram duas policiais do Departamento de Investigações Especiais (DIE), interessadas em saber dos hábitos de Luísa, com certeza suas amigas também vão gostar de nossos produtos, você tem muitas amigas, a gente sempre prefere que uma freguesa nos recomende a outra, assim fica mais fácil o contato, temos este perfume para a noite, você costuma sair à noite com o seu marido, esta colônia é muito boa para ser usada em viagens, impede que a poeira fique impregnada na pele, vocês viajam muito, que lugares gostam de visitar, possuem sítio ou fazenda, veja este xampu, é muito bom para cabelos ressecados como o seu, mesmo os homens de barbas longas costumam usá-los no banho, ah, seu marido é um deles, deve ser uma pessoa simpática, você tem aí alguma foto dele, e as policiais disfarçadas em vendedores sentiram que Luísa, cheia daquela bondade que caracteriza toda mulher gordota, não desconfiava de nada, de modo que avançaram um pouco mais na conversa, criando o clima "Intimidade confidencial", segundo a lição número 346 do *Manual de Repressão*, editado em português pela Divulgadora Livre Mercado, com endereço na Zona do Canal de Panamá, você e seu marido vivem bem, eu, minha filha, disse uma delas, acho que meu marido confia pouco em mim, não fala em casa nada do que faz na rua, eu, disse a outra, não dou colher de chá para o meu homem, olho todas as coisas dele, a caderneta de endereços, os papéis, porque não estou a fim de ser passada para trás, o que é que seu marido faz, os amigos dele costumam vir aqui, tem visto os anúncios da Avon nos jornais, que jornais vocês leem, também tenho um filho de cinco anos, disse a primeira, deixa eu dar uma olhadinha no quarto do seu, com licença, obrigada, pois estou para decorar o quarto do meu e ainda não sei como fazer e, enquanto as duas foram ver o quarto de Marcelo, a segunda prendeu o minitransmissor eletrônico sob o sofá da sala, após regulá-lo com alcance para toda a área da casa.

"Informe nº 100.067

SIGILO ABSOLUTO

Ao: Chefe do Serviço de Investigações.

De: Pomba-Gira e Prenda-Minha.

Sobre: Missão Raul Parelo.

Luísa Ferreira, amante do terrorista Raul Parelo, que utiliza o cognome de Afonso Santana, contou-nos que seu companheiro é dentista e mantém consultório no centro da cidade, que não costumam receber amigos em casa, que aos domingos levam o filho Marcelo ao Parque Municipal para andar de cavalinho e brincar no zanga-burrinho, que Parelo gosta muito de geografia e, por isso, possui tantos mapas em casa, com os quais decorou as paredes do quarto do filho, e orgulha-se de ter a coleção quase completa da revista *National Geographic*, que quando moravam no interior ele tratava, sem cobrar, dos dentes dos lavradores e que viviam daquilo que cada cliente podia pagar, mas que decidiram vir para a capital a fim de propiciar a Marcelo uma boa educação escolar.

OBSERVAÇÕES: tudo indica que os membros do Partido não frequentam o *aparelho* onde reside o líder terrorista e, certamente, os contatos são feitos em *pontos* na rua e, aos domingos, no Parque Municipal, como se fossem dedicados pais levando seus filhos para brincar ou, durante a semana, no consultório que Raul Parelo mantém no décimo andar do edifício Mariana. O *aparelho* é repleto de mapas e croquis de futuras ações terroristas e possui uma coleção completa de revistas chinesas em língua inglesa. Ao que tudo deixa transparecer, a zona rural é tratada com especial cuidado, tendo Parelo utilizado seus conhecimentos de odontologia para doutrinar os camponeses e impregná-los de ideias comunistas.

Atenção: o minitransmissor foi fixado no local indicado."

O que foi constatado na quarta-feira é que ele trabalhou o dia todo em seu gabinete dentário, atendeu duas senhoras, um menino, dois senhores e quatro rapazes, cuidou de nove cáries, preparou uma ponte, fez seis obturações, extraiu um siso e, enquanto os clientes ficavam de boca aberta, cantarolou as principais marchinhas do último carnaval, olhou trinta e cinco vezes pela janela de seu consultório, viu que o movimento lá embaixo, às portas das Lojas Americanas, era grande, observou dois motoristas que discutiam em torno de seus carros batidos, cercados por um punhado de gente em frente à Casa Rolla, acompanhou com os olhos os três fiscais da prefeitura que corriam atrás de um camelô, sentiu pena do velho que, na calçada do Hotel Nacional, pedia esmolas, atendeu dez telefonemas por hora, marcou novas consultas num grande livro preto, pediu ao faxineiro do prédio que fosse à farmácia comprar um pacote de algodão, tomou vinte e oito xícaras de café e fumou vinte e oito cigarros, recebeu o cheque de um cliente que nesse dia terminava o tratamento e pensou em comprar um rádio FM para o consultório.

Um dos quatro rapazes atendidos, nesse dia, pelo Dr. Afonso Santana, era o agente Dedurão, na intimidade Durão, filho do Chefe, novato no ofício, incapaz de redigir um relatório, acostumado a prestar contas à viva voz, pois não nego, pai, que fico com medo daquele terrorista filho da puta descobrir quem eu sou e me matar ali dentro, fazendo explodir uma bomba em minha boca e, por isso, enquanto ele faz o serviço eu fico com a mão direita no bolso do blusão segurando a minha automática 7.65 apontada para ele, é só puxar e ele cai duro com um tiro no meio da testa, deixa, pai, deixa eu acabar logo com ele, terrorista não é gente, é pior que cachorro doido, mas o Chefe explicava ao filho que é preciso estar atento aos parâmetros da moderna ciência policial, não se pode resolver a coisa assim de qualquer jeito, temos de esperar, não basta eliminar o cabeça, é importante pegar toda a rede do Partido, a identidade dos outros militantes, os planos subversivos, as armas escondidas em algum lugar, os nomes dos camponeses doutrinados por eles, mas pai, é duro abrir a boca para o filho da mãe meter a mão dentro e ainda poupar-lhe a vida, sabendo o que ele faz para destruir a pátria, desintegrar a família, corromper os menores, disseminar a violência, por mim, já tinha dado um fim naquele cara, estourado aquele *ponto* com fachada de consultório e colocado uma bomba no *aparelho* em que ele mora, ora, Durão, você anda lendo muita literatura barata, coisa de sebo e de revista em quadrinhos, leia Georges Simenon e Agatha Christie, veja como o ofício exige paciência e astúcia, a coisa não pode ser resolvida na lei do cão, como nos filmes da TV, senão a gente pega o galo e perde o galinheiro.

Em seguida, o Chefe disse ao filho senta aí e ouça essa gravação, obtida graças ao minitransmissor que colocamos no *aparelho* de Parelo:

> "Meu amor, pega essa fotonovela que está aí na mesa da copa, aqui não tem nenhuma revista, então veja se não deixei na cozinha... Pai, você compra pra mim uma caixa de lápis de cor e um caderno de desenho, a professora disse que é para eu levar amanhã, compro sim, Marcelo, mas não quero você brincando na rua depois do jantar, traga os seus amigos aqui pra casa e brinca com eles aí no quintal, Luísa, você viu onde eu pus a seringa que comprei ontem, está em cima da televisão, Afonso, e me dê a nota fiscal para guardar... Mãe, você já costurou a blusa do meu uniforme, ainda não, Marcelo, depois do almoço eu cuido disso... Luísa, se o encanador aparecer para consertar a pia da cozinha, liga lá pro consultório, assim já desconto o cheque e trago na hora do almoço..."

Basta, disse o Chefe ao filho, que parecia não ter entendido nada. Aparentemente, Durão, essa simples conversa familiar nada tem de suspeita, porém, graças aos recursos da análise científica, podemos descobrir que se trata de um código altamente aperfeiçoado, mas não impossível de ser decifrado, veja bem: a fotonovela são os documentos subversivos que se encontram bem guardados no *aparelho*, tanto que Luísa, do quarto, não se lembrava se eles estavam na copa ou na cozinha, ou seja, em alguma parede de fundo falso que chamam de copa ou em algum buraco no assoalho da casa que chamam de cozinha; o pai não quer o filho na rua para não chamar a atenção dos vizinhos, e os amigos do filho, na verdade, são os companheiros do pai que o filho deve encaminhar ao quintal, onde certamente fazem suas reuniões subversivas; a seringa, sem dúvida nenhuma, é utilizada para injetar tóxicos estimulantes nos militantes responsáveis pelas ações terroristas, pois, drogados, são capazes de tudo, e a nota fiscal é o alucinógeno que utilizam; e, finalmente, o encanador é um ativista especialista em atentados subterrâneos, a quem Parelo deve entregar o dinheiro expropriado dos bancos. Por enquanto, só Marcelo é inocente nesse diálogo.

O pior foi no dia em que o dentista decidiu extrair um dente apodrecido de Dedurão e disse-lhe que ia aplicar a injeção de anestesia e Durão garantiu que nada disso, sou macho pra cacete, pode arrancar na marra, não gosto de anestesia, prefiro a dor a ficar o dia todo com aquela formigação na face e nos lábios, assegurou Dedurão, ele que tinha muito medo de arrancar dente e preferia mil vezes a anestesia, o hipnotismo se possível, todavia, maior era o medo de ser morto ali dentro, com uma injeção letal dada pelo subversivo Raul Parelo, dirigente do Partido Revolucionário Brasileiro, procurado há cinco anos e só localizado nos últimos dois meses pelos órgãos de segurança, de modo que o dente foi extraído a seco. Dedurão cagando-se todo, berrando como um bezerro marcado a ferro em brasa, quase não suportando tanto sofrimento e com muita vontade de apertar o gatilho e descarregar o pente de balas de sua 7.65 na cara de Raul Parelo, só aguentando a barra para o pai não dizer que ele é um frouxo, não sabe trabalhar, precipita as coisas, põe tudo a perder, não tem amor à pátria.

Na quinta-feira, às vinte horas, o Chefe recebeu

> o Informe nº 107.462
>
> DUPLAMENTE SECRETO
>
> Ao: Chefe do Serviço de Investigações.
>
> De: Olho de Boi.
>
> Sobre: Missão Raul Parelo.

"De dentro da Balalaika Calçados, observei quando Raul Parelo desceu do Volks AY 6623, dirigido pelo motorista do Partido, que faz parte de seu corpo de segurança, e atravessou a avenida Afonso Pena, parando à porta do edifício Mariana, onde cobriu um ponto, recebendo a moça loira de olhos verdes que o aguardava escondida na Perfumaria Lourdes e que o identificou pelo jornal que ele trazia na mão esquerda, sendo que os dois confabularam cerca de quatro minutos, o suficiente para que a moça loira de olhos verdes estendesse a ele um pedaço de papel que foi fotografado do alto do edifício Avenida pelo agente Olho de Vidro e no qual estava escrito 'Casa Henriques, rua São Paulo esquina de rua Carijós', mensagem que Parelo leu sem pegar no papel que permaneceu nas mãos da subversiva loira de olhos verdes e ele disse a ela qualquer coisa, apontando à sua frente, e a terrorista seguiu adiante, enquanto ele entrou no edifício Mariana e tomou o elevador."

Como depois narrou ao Chefe, nesse dia o agente Olho de Boi se fez passar por um novo cliente e observou dezoito membros do Partido disfarçados em pessoas que fazem tratamento de dentes, sendo que uma militante cinquentona levou consigo o filho pequeno, aprendiz de terrorista, com certeza e, quando eu entrei, percebi que Parelo me recebeu sem jeito, como quem gostaria mas não pode recusar um verdadeiro cliente ou, então, pensando que eu fosse o contato de algum outro grupo comunista, pois ele sempre jogava a senha para cima de mim, cantarolando tangos argentinos, porém, como ignoro a contrassenha, deixei que ele me examinasse os dentes, muito embora, tanto na entrada quanto na saída, eu tenha cantarolado todos os tangos argentinos e alguns boleros de quebra, para testar se a contrassenha possuía a mesma raiz da senha, mas não recebi nenhum sinal positivo.

Quando o agente-fotógrafo Olho de Vidro deu a dica do *ponto* a ser coberto pela subversiva loira de olhos verdes, em poucos segundos cento e quarenta e quatro policiais ocuparam a área, três disfarçados em pipoqueiros, oito em camelôs, catorze em mendigos, seis como balconistas da Cecília, Sucos & Vitaminas, dois encostados na parede da Casa Modella, dez como balconistas da Casa Henriques, vinte dependurados em galhos de árvores, um equilibrando-se num fio estendido sobre a rua Carijós, trinta e três fazendo de conta que eram populares observando e aplaudindo o equilibrista, cinco jogando porrinha na esquina, dois mascando chicletes, e os demais, armados de metralhadoras e fuzis FAL mira telescópica, postados em apartamentos do Hotel São Domingos, do Hotel Cecília e em salas do edifício Santos. Toda a confluência das ruas São Paulo com Carijós ficou sob controle. No entanto, a moça loira de olhos verdes não apareceu e, se o fez, foi de forma tão clandestina que passou despercebida ao esquema montado pela polícia, tanto que esta saiu convencida de que o Partido dirigido por Raul Parelo representava um grande avanço no aperfeiçoamento dos métodos terroristas, pois agia sem atrair suspeitas nem deixar vestígios.

O que declarou à imprensa, na manhã de sexta-feira, Vado Caçafundo, vendedor de sanduíches de linguiça com molho de tomate apimentado na Praça Sete, foi que, por volta das duas horas da madrugada, viu o sol se desprender do céu, varar a noite e cair como um raio em frente à Igreja São José, provocando um estrondo que zuniu em seus ouvidos como mil abelhas e cegou os seus olhos como mil lâminas de fogo. Pomério Pinguço, que dirigia o carro-tanque da prefeitura, encarregado de lavar a avenida Afonso Pena durante a madrugada, só sabia repetir eu vi, eu vi, juro por tudo quanto é santo que vi o disco voador, todo iluminado, cuspindo fogo, levantando muita fumaça e com um motor mais forte que o vulcão. Chico Rabo-de-Saia, que subia de uma farra lá para as bandas da avenida Oiapoque, rumo à sua casa no bairro da Serra, disse primeiro vi um clarão, como se amanhecesse de repente, que acendeu todo o centro da cidade, seguido por uma explosão que fez tremer as ruas, os prédios e os postes, e eu achei que era um terremoto, lembrei-me do que li no jornal, que o indicado é a gente ficar debaixo de um vão de porta, mas não havia nenhum vão livre, todas as portas estavam fechadas, tive medo de os prédios caírem em cima de mim, pois eles balançaram como cana tocada pelo vento e, então, danei a rezar dez pai-nosso e dez ave-maria, pedindo a Deus perdão de todos os meus pecados.

Quando chegaram os primeiros carros do Corpo de Bombeiros, o edifício Acaiaca, de vinte e cinco andares, era um monte de tijolos, ferragens, vidros e fios, sob densa poeira, o entulho desprendendo rolos de fumaça, um forte cheiro de queimado, o grande anúncio luminoso da cerveja Skol partido no chão, a loja de chocolates Kopenhagen reduzida ao caldo marrom que escorria pela rua Tamoios, a tela do cine Acaiaca enrugada entre o que restava das poltronas, todos os vidros do Banco Bandeirantes estilhaçados, as paredes da loja Embrava rachadas como barro seco, o relógio da torre da Igreja São José sem ponteiros, arrancados pelo deslocamento de ar provocado pela explosão, mesas, cadeiras, armários de escritórios, peças de consultórios médicos, arquivos, bebedouros, privadas e cabos de elevadores, retorcidos como simples barbantes, espalhavam-se pelas ruas, todas elas interditadas pelas forças de segurança, cercadas por carros de polícia e por tropas militares, deixando passar as ambulâncias, os bombeiros que recolhiam os cadáveres, de início, apenas quinze, depois mais quarenta e quatro, e pelo fim da manhã eram noventa e nove vítimas, segundo cálculo dos legistas pelo que sobrou dos corpos despedaçados encontrados nos escombros do edifício Acaiaca, destruído por uma tonelada de dinamite.

Quinhentos e vinte e dois estudantes foram trancafiados entre as grades do Parque Municipal, porque todas as cadeias de Curral del Rey já haviam sido abarrotadas às primeiras horas da manhã; trezentos e cinquenta e sete profissionais liberais foram amarrados um no outro e presos à estátua de Tiradentes, na praça do mesmo nome; a piscina olímpica do Minas Tênis Clube esvaziada para acolher as oitenta e cinco freiras, os noventa e sete padres e os cento e vinte e cinco líderes de comunidades de base detidos para averiguações; entre pintores, atores, escultores e bailarinas, mais de duzentos e treze artistas ficaram atrás das grades que circundam o Palácio da Liberdade; oitocentos e setenta líderes sindicais foram dependurados nos postes da avenida do Contorno; mais de dois mil e seiscentos suspeitos foram arrancados à força de suas casas e de seus locais de trabalho, fichados e fotografados, humilhados, torturados e submetidos a uma triagem que, segundo consta, só terminou oito anos mais tarde, sendo que pelo menos duzentas pessoas ainda continuavam respondendo ao processo pela derrubada do Acaiaca, estando noventa e três presas cumprindo pena na Penitenciária de Linhares.

Nessa mesma madrugada, Luísa Ferreira, que não havia jantado com o propósito de iniciar o regime para emagrecer, teve um pesadelo, conforme contou muitos anos depois, por não acreditar que essas coisas tivessem sido verdade: viu sua casa ser invadida por mais de vinte pessoas e reconheceu, entre elas, as duas vendedoras de produtos Avon e disse a uma delas que não precisava arrancar os mapas do quarto de Marcelo assim desse jeito, deixa que eu tiro, pode levar para decorar o quarto de seu filho, mas ela não escutava e arrancava tudo com a ajuda das outras pessoas que esvaziavam os armários, quebravam as vasilhas, rasgavam os sofás a faca, retiravam os tacos do assoalho, esburacavam as paredes, enquanto Pomba-Gira segurava Marcelo e tentava amordaçá-lo para que parasse de gritar, vendo Afonso nu, deitado na mesa da copa, com uma metralhadora grudada em sua cabeça e a casa toda revirada, vasculhada, quebrada, Luísa sentindo que ela e Afonso viajavam dentro de um túnel escuro e traziam nos braços enormes pulseiras de prata. Afonso quis abraçá-la mas as pulseiras não deixavam que seus braços se abrissem, então ele beijou a boca de Luísa, que uniu, à boca de Afonso, a sua boca, a sua alma, o seu corpo, a sua ternura, a sua vida. Quando terminou o túnel, eles desceram do vagão escuro num lugar onde o sol jamais se põe e, nos dois primeiros dias, queimaram todo o corpo de Afonso com charuto aceso, deixando-o em carne viva, embora ele gritasse que nada tinha a ver com a bomba do edifício Acaiaca, com o Partido, com o terror e que não era subversivo, o que acirrou a disposição de Coice de Mula e de Dedurão, que, durante uma semana, jogaram água salgada sobre sua pele esfolada e deram-lhe choques elétricos na boca, na cabeça e nos órgãos genitais. Antes de desmaiar mais uma vez, ele jurou que se chamava Afonso Santana e era dentista, jamais ouvira falar em Raul Parelo e nada tinha a ver com as acusações que lhe faziam, o que foi considerado, pelos órgãos de segurança, fruto de um excepcional treinamento terrorista, em que se aprendia a resistir à tortura. Na quarta semana, Afonso, com a face irreconhecível, monstruosamente deformada, foi amarrado numa cadeira e assistiu, assombrado, Luísa ser violentada por doze policiais, em cima de uma mesa, numa cena atroz que imitava o quadro da *Última Ceia*, pois Afonso não sabia o endereço de seus clientes e nem se lembrava onde morava o antigo colega de faculdade que, todas as manhãs, lhe dava carona em direção ao centro. Dois meses depois, as pernas de Afonso já não se firmavam em pé, de tanto ficarem enroscadas no pau de arara, e ele insistia em afirmar que não se recordava de ter encontrado uma moça loira de olhos verdes à porta do edifício Mariana, de modo que, no quinto mês, foi carregado para a sala ao lado daquela em que Marcelo gritava, chamando desesperadamente papai e mamãe, enquanto Afonso via Marcelo perdido em alto-mar, afogando-se entre gigantescas ondas que se quebravam sobre sua cabeça, engolindo água e parando de pedir socorro à medida que seu pequeno corpo era tragado pelo oceano.

Vado Caçafundo foi trazido e ficou olhando Afonso; o Chefe perguntou é este, Caçafundo respondeu que não tinha visto ninguém, só mesmo o sol caindo sobre o edifício Acaiaca, contudo o Chefe insistiu em que ele vira Afonso passar na Praça Sete, dirigindo um caminhão, e Caçafundo falou que não se lembrava nem podia reconhecer um homem com o rosto tão macerado e inchado como aquele, mas o Chefe tornou a insistir, você viu sim, olhe bem para ele, se não quer ficar do mesmo jeito refresque logo a memória, de modo que Caçafundo confirmou que sim, havia visto Afonso, eu não estava era reconhecendo-o, ele passou com um caminhão carregado de caixotes, e o Chefe agradeceu a colaboração de Caçafundo. Pomério Pinguço, após cinco minutos de relutância, não teve dificuldade de se lembrar de ter visto, de dentro do carro-tanque, a moça loira de olhos verdes que veio andando pela avenida

Afonso Pena, na direção contrária à do edifício Acaiaca, pouco antes de aparecer o disco voador brilhante como ouro, ela parecia apressada, como quem teme ser atacada por algum tarado àquela hora da madrugada. Chico Rabo-de-Saia também não se recordava direito se vira alguém nas imediações do local em que resplandeceu o grande clarão, seguido do tremor de terra, mas tanto o Chefe insistiu, não sai daqui enquanto não se lembrar, pense bem, você está prestando um serviço à pátria, até que a memória de Chico foi se abrindo através da vaga ideia de ter visto um homem barbudo descendo apressado a rua Espírito Santo, tinha sim o jeito desse aí, era mais parecido com este aqui na foto. No quinto mês de torturas, Afonso Santana aparecia em carne viva no pesadelo de Luísa, com a coluna partida, deitado numa maca, pesando trinta e dois quilos, vendo bolas azuis correrem em direção a seus olhos, sentindo uma locomotiva trafegar em seus ossos, pedras de fogo rolarem em sua cabeça e mil ratinhos roerem sem parar as juntas de seu corpo, sendo que era incapaz de reter os alimentos nos intestinos e urinava sangue quando assinou o papel no qual o Chefe fizera constar que Afonso Santana era o nome frio do procurado comandante Raul Parelo, líder do Partido Revolucionário Brasileiro, autor do atentado que destruiu o edifício Acaiaca, causando a morte de inúmeras pessoas.

> Serviço de Censura Federal Atenção:
> PUBLICAR SEM COMENTÁRIOS
> "Suicidou-se esta madrugada, asfixiando-se com um rolo de papel higiênico, na cela em que se encontrava, o terrorista Raul Parelo, cognominado Afonso Santana, brasileiro, 38 anos, casado. Raul Parelo, comandante do Partido Revolucionário Brasileiro, foi o responsável por inúmeras ações terroristas e havia confessado, sem constrangimento de qualquer espécie, ter sido o autor da explosão que fez ruir o edifício Acaiaca, matando noventa e nove pessoas e causando incalculáveis prejuízos materiais."

Na noite em que leu essa nota no jornal, a mil e quinhentos quilômetros de distância de Curral del Rey, na sede de um sindicato rural, Raul Parelo viu em sonhos Afonso Santana ser conduzido ao ponto mais alto da cidade e amarrado a um poste, com os braços e pernas presos aos fios de alta tensão e a cabeça pousada num transformador. Quando a poderosa descarga elétrica estremeceu o seu corpo, Afonso viu surgir no horizonte o rosto de uma moça loira de olhos verdes, enquanto sua pele se rasgava, sua carne assava, seus músculos e nervos se derretiam, seus ossos se pulverizavam, restando no poste a negra marca de uma cruz, sob a qual o Chefe queimou os planos da *Operação Acaiaca.*

A república independente de Vila Rica

A reunião em palácio começou sob clima de grande tensão. Falou primeiro o secretário da Ecologia, Paulério Matos, atarracado como um caixote, gordo como um bumbo, que, com voz fina e estridente, explicou, exibindo um mapa do Estado, que Minas teria de inaugurar, em breve, o Museu da Árvore, onde as novas gerações pudessem saber o que era e como era esse vegetal em rápida extinção, já que as florestas haviam sido derrubadas, transportadas, serradas, exportadas, quando não queimadas. Aqualino Sedento, secretário do Sonho Marítimo – pasta criada tendo em vista a incontida aspiração mineira de estender os limites do Estado até o litoral – acrescentou, com voz borbulhante e jeito peremptório, que os rios secavam e, logo, teríamos o córrego de São Francisco e o canal do rio Doce, amargas lembranças de um passado caudaloso, diante das quais só nos restaria fazer o que já fora feito ao rio das Velhas, outrora navegável: tampá-los com cimento e pedras, a pretexto de urbanização, para que o povo não receba em suas narinas o odor fétido desses esgotos alimentados por descargas de privadas. Pedroso Montanha, secretário das Minas, levantou-se solene, exibindo uma careca enrugada, e fez saber, com sua voz de contralto desafinado, que a nossa terra se encontra, hoje, em condições de exportar buracos para queijos suíços, obras de metrô e filmes de catástrofe atômica, pois arrancaram o nosso ouro, roubaram a nossa prata, embolsaram os nossos diamantes, extraíram as nossas pedras semipreciosas e, agora, transferem as nossas reservas de ferro para os Estados Unidos, a Alemanha e o Japão e, em breve, nos expulsarão de casa para cavar o que resta no subsolo da residência. Ao ouvir a palavra "queijo", Lactâncio Nata, secretário do Leite & Derivados, começou a chorar amargamente e, aos prantos, disse que nossas vacas flutuam quando bate um pé de vento; já não pastam, ciscam; o queijo de Minas, de fama internacional, de branco está ficando vermelho de vergonha, já que é feito em São Paulo; o doce de leite é fabricado com artifícios químicos, pois o leite que tomamos, quando ferve, evapora-se; e soluçando, cortou pelo meio sua intervenção e passou a beber as próprias lágrimas.

Com suas costeletas brancas escorregando até o queixo, de onde descia um cavanhaque triangular bem afinado na ponta, o novo governador, indicado por obra e graça do governo federal, Fanfarrão Minésio, emproou-se todo, deu na mesa um murro que fez Lactâncio Nata pular assustado e travar o choratório, e disse: tudo isso é o preço que pagamos pelo progresso. Mas, se pagamos, também precisamos receber e, ao que me consta, nossos cofres não estão menos esburacados que o nosso território. Só há uma solução para salvar as finanças públicas e, por bem ou por mal, ela será aplicada imediatamente: recolher mais tributos da única fonte de renda que resta ao Estado, o turismo.

De fato, Minas se encontrava em plena campanha "Visite antes que acabe", e um batalhão de guias explicava aos milhares de turistas como o Estado chegou a ter mais funcionários públicos do que, propriamente, público; como o Vale do Jequitinhonha adquiria, progressivamente, prioridade nos projetos da Sudene; como o verde havia virado amarelo; como os pássaros voavam de costas; como os cafezais forneciam o melhor carvão vegetal; como as montanhas murchavam por dentro e eram aplainadas por fora; e outros fenômenos que atraíam jornalistas, cientistas e curiosos do mundo inteiro. Em Curral del Rey, uma equipe de cientistas políticos da Universidade de Harvard, com a colaboração de médicos da Nasa, pesquisavam a imortalidade dos políticos mineiros, uns com oitocentos e quarenta anos de atividade parlamentar, outros com mais de novecentos e setenta, e redigiam uma tese sobre "A influência da crendice religiosa na conquista de votos através de promessas jamais cumpridas pelos candidatos". Em Congonhas do Campo, setecentos e trinta cinegrafistas, postados na encosta do santuário do Senhor Bom Jesus de Matosinhos, filmavam os doze profetas do Aleijadinho virando picolés de pedra-sabão sob a ação das chuvas e dos ventos. Em São João del Rey, religiosos e criminalistas promoviam simpósios para estudar como pacatas irmandades paroquiais haviam se transformado em furibundas milícias armadas, em defesa das imagens barrocas ameaçadas por colecionadores de peças sacras. Em Sabará, milhares de fiéis admiravam, afinal, o milagre de Nossa Senhora do Ó. De repente, a santa começou a gritar óóóóó... e há meses nenhum frade, por mais santo que fosse, conseguia calá-la e, muito menos, explicar se ela sentia prolongadas dores de parto ou anunciava algum desígnio divino. Em Ouro Preto, sob o tráfego de caminhões e ônibus pelo centro da cidade, as igrejas tremiam como se abaladas por terremotos, e as pinturas do Aleijadinho misturavam-se como num caleidoscópio, o que levou São Francisco de Assis e São Francisco de Paula a convocarem Nossa Senhora das Dores, Nossa Senhora do Rosário e Nossa Senhora do Carmo para uma assembleia urgente na Igreja do Pilar onde, segundo a bula convocatória dos santos, discutiriam como reivindicar maior respeito por parte das autoridades e dos turistas, sem descartar uma ameaça de greve, durante a qual manteriam fechadas as portas de seus templos. Durante a assembleia, Chico de Assis – assim tratado na intimidade pelos participantes – pediu licença para mostrar-lhes uma visão do futuro e, fazendo um gesto, fez aparecer sobre o altar a cena de Ouro Preto consumida pelas chamas como uma folha de papel atirada numa fogueira.

A nova política tributária de Fanfarrão Minésio logo se fez sentir, sobretudo em Ouro Preto, Monumento Histórico Nacional e, por isso mesmo, principal centro turístico do Estado. Promulgado o novo estatuto fiscal que criava o Dia da Tributação, estabeleceu-se a cobrança de pedágio em cada ladeira da cidade, tanto para subir como para descer. Nas igrejas, cobrava-se por imagem olhada e exigia-se uma taxa adicional para fotografar qualquer obra de arte sacra; no Museu da Inconfidência, pagava-se entrada e saída em cada uma de suas salas; na Escola de Minas, cada mostruário de pedras preciosas exigia o seu bilhete de entrada; sobre cada mercadoria comprada ou consumida na cidade, pagava-se o ICT, Imposto de Circulação Turística; a Casa dos Contos passou a chamar-se Casa dos Milhões, onde era recolhida toda a renda advinda da nova política fiscal.

Tudo isso seria razoavelmente contornável pelos turistas, principalmente os estrangeiros que gastam em dólares, se não fosse pública e notória a deslavada corrupção em que vivia mergulhado o governo de Fanfarrão Minésio, e o fato de a população de Ouro Preto não ter sido excluída do novo estatuto tributário. Assim, cada vez que um cidadão ouro-pretano subia uma ladeira a caminho de casa devia desembolsar um treze avos de seu salário de um dia de trabalho ou um décimo, caso passasse em frente a uma igreja, ou um oitavo, se atravessasse a Praça Tiradentes, ou um sexto, ao comprar no atacado, ou um quarto, comprando no varejo, ou um terço cada vez que abrisse as janelas de sua casa e contemplasse o panorama barroco da cidade.

Diante do grande número de cidadãos sonegadores, Fanfarrão Minésio enviou a Ouro Preto o Regimento dos Dragões da Independência, que, sem clemência, passou a cobrar os impostos de rua em rua, de igreja em igreja, de ponte em ponte, de casa em casa, de quarto em quarto, montados em seus garbosos cavalos e armados de afiadas lanças que espetavam o pescoço do contribuinte, até que desembolsasse a sua dívida.

Ora, havia na Ladeira do Vira-Saia uma pensão de estudantes, a República de Vila Pobre, cujos moradores, desprovidos de recursos até para a pinga nossa de cada dia, não puderam mais sair de casa nem abrir as janelas desde a promulgação da lei tributária. Se o faziam, era clandestinamente, burlando a severa vigilância dos guardas e fiscais. Um desses jovens, Joaquim José, estudante de Odontologia, acordou certa manhã pensativo e sentiu que uma semente havia aparecido em seu coração. Dois dias depois, a semente brotou e, na semana seguinte, se espalhou pelo peito, cresceu pelo pescoço adentro, subiu pela garganta, ocupou a boca, passou pelas narinas, atravessou os olhos e atingiu a cabeça, onde se abriu em flores. Nesse dia, Joaquim José deu um pulo, gritou eureca!, e, com a coisa vicejando em sua cabeça, reuniu os colegas de república e falou-lhes: precisamos fazer algo, temos que reagir, desse jeito vamos morrer de fome, Fanfarrão Minésio não pode abusar do povo dessa maneira, devemos dar um basta, chegou a hora, Ouro Preto deve ser libertada da opressão, vamos concitar a população a não pagar mais impostos! Falou e explicou e argumentou e provou e discursou e conclamou e agitou tanto, que seus colegas começaram a bocejar, a dormir, a atirar aviõezinhos de guardanapo de papel, a falar que nada rapaz, você está ficando é doido, quem somos nós, pra que briga, mas Joaquim José não se deixou desanimar, pois sentia que a semente brotada em seu coração começava a dar frutos maduros em sua cabeça.

Na época, não havia eleições para governadores; eram escolhidos ao bel-prazer do governo federal, que, cansado de Fanfarrão Minésio, resolveu promover mais um rodízio em Minas e escreveu o nome de sete políticos imortais em sete pedacinhos de papel, enrolou-os, chamou o soldado de plantão e disse tire um aqui. O soldado estendeu a mão, pegou um dos papeizinhos, que, ao ser aberto, trazia o nome de Antônio Furtado, natural de Barbacena e notoriamente conhecido pelo seu puxa-saquismo, tanto que andava quase sempre de cócoras e tinha especial predileção por lamber botas, o que o fez conhecido pela alcunha de Viscoso de Barbacena. De posse do Estado, o Viscoso fez questão de não alterar uma vírgula do estatuto fiscal, e ainda aumentou as taxas a serem pagas pelos turistas e pela população, a fim de remeter recursos aos cofres federais, pois a nação, atolada em estratosférica dívida externa, já havia penhorado a sua honra e a própria dependência. Assim, os Dragões da Independência receberam ordens de intensificar a cobrança, principalmente em Ouro Preto, onde o fluxo de turistas aumentara assustadoramente desde que começaram a ocorrer dois fatos inusitados: a greve de graças de São Francisco de Assis, São Francisco de Paula, Nossa Senhora das Dores, Nossa Senhora do Rosário e Nossa Senhora do Carmo, sentados, sem comer e falar, na ponte de Antônio Dias, escolhida por ser a única em estilo romano na cidade; e o leilão das obras de Aleijadinho, promovido por Viscoso de Barbacena, sob a alegação de que as finanças públicas são bem mais importantes que obras de arte antiquadas, que não enchem barriga de ninguém.

Diante desse avanço da repressão tributária, do descontentamento popular, e do protesto dos santos e das santas, Joaquim José viu seus colegas da República de Vila Pobre reconsiderarem suas posições e começou a receber o apoio de outros cidadãos que sentiam a cidade sucumbir sob o peso dos impostos. O chefe político da oposição em Ouro Preto, juiz Antônio Gonzaga, vendo a árvore que brotava na cabeça de Joaquim José, com raízes em seu coração, procurou-o na calada da noite, ao voltar de uma serenata sob a janela de Marília de Dirceu e, abrindo rapidamente sua toga preta, declarou pode contar com o meu apoio. Padre Rolão, vigário de Santa Quitéria, que gostara muito do filme *Xica da Silva,* por mostrar o assalto estrangeiro aos diamantes mineiros, aproveitou a procissão do Senhor Morto – em que a imagem foi obrigada a pagar taxa para se encontrar com a réplica de Nossa Senhora das Dores, já que a original estava em greve –, vendo Joaquim José na sacada da república, com os cabelos verdes e floridos, ergueu o polegar e aderiu à conspiração. Al Peixoto, fazendeiro em Campanha do Rio Verde, que havia ido à cidade comprar ração para seus porcos, indignado com o número de vezes que pagou pedágio em cada rua, foi à procura de Joaquim José, conferiu a firmeza das raízes encravadas em seu coração e filiou-se ao grupo. José Maciel, professor de Ecologia na Escola de Minas, vendo o verde exuberante que, como uma samambaia, descia da cabeça aos pés de Joaquim José, disse: topo tudo. Manuel da Costa, advogado, provou um fruto da árvore plantada no peito de Joaquim José e, disposto a modificar o estatuto tributário, também aderiu. E, entre muitos outros, a rebelião contou com o apoio de Vitupério dos Reis, que, com a queda da monarquia, preferia ser chamado de Vitupério dos Governadores.

O plano, frutificado e amadurecido na grande árvore crescida na cabeça de Joaquim José, consistia em reunir forças, ganhar a adesão do povo e, no Dia da Tributação, reagir aos fiscais, desarmar a guarda, confiscar o dinheiro recolhido à Casa dos Milhões, cortar relações com Curral del Rey e proclamar a República Independente de Vila Rica. Tudo corria na mais perfeita subversão, inspirada pela Nova Declaração Universal dos Direitos Humanos, que proibia a cobrança de impostos exorbitantes, quando Vitupério dos Governadores, incitado pelo próprio nome, tomou um ônibus na Praça Tiradentes com destino a Curral del Rey, foi ao palácio, pediu para falar com o Viscoso de Barbacena, a quem contou tintim por tintim a conspiração, ampliando alguns detalhes, colorindo outros, incluindo mais nomes, descrevendo como os revolucionários pretendiam apropriar-se do dinheiro dos impostos e, vestidos de São Jorge, esmagar os Dragões da Independência, e coisa mais e tal. O Viscoso começou a babar de ódio, e a baba foi descendo em filete pelo queixo, pelo peito, e ficando mais grossa; sua boca parecia uma lata de óleo vazando; suas calças ficaram encharcadas, a baba formou uma poça aos pés de Vitupério e a poça virou açude e o açude virou represa e a represa formada pela baba gosmenta do Viscoso de Barbacena transformou-se numa grande lagoa, na qual Vitupério dos Governadores se afogou sem poder falar mais nada, exceto suas últimas palavras que foram socor... glub... gluc... gl...

Foi implacável a repressão que se abateu sobre Joaquim José e seus companheiros de rebelião. Todos os órgãos de segurança se deslocaram para Ouro Preto, e o próprio governador, a fim de acompanhar o rumoroso processo, transferiu seu palácio para as dependências da Escola de Minas e autorizou que o Museu da Inconfidência fosse utilizado como cadeia dos revoltosos. Nossa Senhora das Dores, Nossa Senhora do Rosário e Nossa Senhora do Carmo, que, na ocasião, já haviam terminado a greve na ponte de Antônio Dias e regressado às suas igrejas, aflitas correram a São Francisco de Assis – que andava ocupado em dividir umas graças, a serem concedidas, com São Francisco de Paula – para saber se a chegada de tanta polícia na cidade era o prenúncio do incêndio que a visão lhes mostrara sobre o altar do Pilar. Chico, depois de acalmá-las, disse apenas que ainda não era chegada a hora, o que elas entenderam perfeitamente.

Manuel da Costa, que tinha a pretensão de modificar o estatuto tributário, foi severamente interrogado na Casa dos Milhões, onde apareceu morto em circunstâncias obviamente misteriosas para a opinião pública, mas devidamente esclarecidas pelos órgãos de segurança, que concluíram tratar-se de enforcamento, utilizando um pé de meia, a que Manuel da Costa foi impelido pelo seu estado depressivo, conforme laudo confirmado pelo psicanalista que tratara do réu nos últimos anos. Os demais foram julgados após um processo que durou três anos, sendo que Antônio Gonzaga, padre Rolão, Al Peixoto e José Maciel foram banidos do país, sem que para isso tenha sido necessário haver qualquer sequestro de embaixador. Gonzaga, inconformado com a penalidade que o afastava definitivamente de sua amada Marília de Dirceu, passou a escrever-lhe poemas, dos quais restou este feito numa ilha da África:

Um dia, todos os dias

Ao amanhecer
Abrirei as mãos
Como frutas maduras,

Abrirás tuas mãos
Como bocas famintas,
Juntos caminharemos
Pelas trilhas douradas do sol.
À tarde, escorregaremos
Pela superfície macia da terra
Mergulharemos nas águas do oceano
Deixaremos que as ondas nos embalem
E os ventos enxugarem nossos corpos.
À noite, fugiremos da escuridão
Subindo pelas escadas de um raio
E, contemplando a nudez da lua,
Ficaremos escondidos nas estrelas
Onde o amor não tem segredos nem pudor.

Joaquim José, o cabeça da conspiração, foi condenado à pena de morte, mas como as tropas já haviam gasto toda a munição caçando aves nas redondezas de Ouro Preto, substituiu-se o fuzilamento pela forca. Na manhã do dia 21 de abril, Joaquim José foi solenemente enforcado na presença de autoridades especialmente convidadas para o espetáculo, ao qual o réu compareceu com todos os seus frutos arrancados, suas folhas despidas, seus galhos cortados e o tronco de sua árvore derrubado. Executada a sentença, o governo federal ordenou que seu corpo fosse esquartejado e as partes distribuídas pelo país, a fim de servir de exemplo a quantos jovens brasileiros abrem o coração a uma semente que começa a se espalhar pelo peito, cresce pelo pescoço adentro, sobe pela garganta, ocupa a boca, passa pelas narinas, atravessa os olhos e atinge a cabeça, onde se abre em flores e frutos.

As entranhas e o coração de Joaquim José foram enterrados junto a uma igreja, um braço ficou exposto no Arraial das Cebolas e outro em Barbacena, onde o Viscoso quis mostrar a seus conterrâneos a força de seu braço – bem entendido, do Viscoso, e não do estudante de Odontologia –, passaram a explicar aos turistas os guias da cidade. Uma perna ficou em Lafaiete e outra em Varginha do Lourenço, entroncamentos de importantes rodovias. A cabeça de Joaquim José foi colocada numa gaiola e exposta sobre o Monumento à Inconfidência Mineira, na Praça Tiradentes, no centro de Ouro Preto.

Toda a população de Ouro Preto compareceu à praça a fim de ver a cabeça de Joaquim José. Milhares de pessoas desfilaram silenciosamente frente à gaiola, inclusive São Francisco de Assis, disfarçado de pedreiro, São Francisco de Paula, de turista europeu, Nossa Senhora das Dores, de lavadeira, Nossa Senhora do Rosário, com um terço nas mãos, com jeito de beata, e Nossa Senhora do Carmo, de empregada doméstica.

Quando Pedro Torneiro, operário de uma fundição de ferro, passou diante da cabeça, reparou que Joaquim José abriu os lábios num leve sorriso irônico e piscou o olho esquerdo. Nesse dia, Pedro Torneiro, perplexo, entrou em casa com a certeza de que uma semente havia sido plantada em seu coração.

Obras de ficção do autor

Edições nacionais

1 - *Natal, a ameaça de um menino pobre*. Petrópolis: Vozes, 1978.

2 - *A Vida suspeita do subversivo Raul Parelo* (contos). Rio de Janeiro: Civilização Brasileira, 1979. Reeditado sob o título de *O aquário negro*. Rio de Janeiro: Difel, 1986. Há uma edição do Círculo do Livro, 1990.

3 - *Fogãozinho, culinária em histórias infantis* (com receitas de Maria Stella Libanio Christo). 3.ed. Rio de Janeiro: Nova Fronteira, 1985. Nova edição da Mercuryo Jovem. São Paulo, 2002.

4 - *O dia de Angelo* (romance). 3.ed. São Paulo: Brasiliense, 1987. Edição do Círculo do Livro. São Paulo, 1990.

5 - *A menina e o elefante* (infanto-juvenil). 6.ed. São Paulo: FTD, 1992. Em 2003, foi lançada nova edição revista pela Editora Mercuryo Jovem. São Paulo.

6 - *Uala, o amor* (infanto-juvenil). 6.ed. São Paulo: FTD, 1996.

7 - *Alucinado som de tuba* (romance). 20.ed. São Paulo: Ática, 2000.

8 - *O vencedor* (romance). 15.ed. São Paulo: Ática, 2000.

9 - *Talita abre a porta dos evangelhos.* São Paulo: Moderna, 1998.

10 - *A noite em que Jesus nasceu.* Petrópolis: Vozes, 1998.

11 - *Hotel Brasil* (romance policial). 2.ed. São Paulo: Ática, 1999. Nova edição no prelo, pela Editora Rocco.

12 - *Saborosa viagem pelo Brasil – Limonada e sua turma em histórias e receitas a bordo do Fogãozinho* (com receitas de Maria Stella Libanio Christo). São Paulo: Mercuryo Jovem, 2004.

13 - *Treze contos diabólicos e um angélico.* São Paulo: Planeta do Brasil, 2005.

14 - *A arte de semear estrelas.* Rio de Janeiro: Rocco, 2007.

Edições estrangeiras

1 - *El Acuario Negro.* La Habana, Cuba: Casa de las Americas, 1986.

2 - *El Día de Ângelo.* Buenos Aires, Argentina: Dialectica, 1987. *Il Giorno di Ângelo.* Bolonha, Itália: E.M.I., 1989. *Día de Angelo,* Tafalla, Espanha, Txalaparta, 1993.

3 - *Het waanzinnige geluid van de tuba.* Baarn, Holanda: Fontein, 1993. *Allucinante suono di tuba.* Celleno, Itália: La Piccola Editrice, 1993.

4 - *Uala Maitasuna.* Tafalla, Espanha: Txalaparta, 1993.

5 - *La musica nel cuore di un bambino* (romance). Milão: Sperling & Kupfer, 1998.

6 - *Hotel Brasil* – Éditions de l'Aube: França, 2004. *Hotel Brasil.* Itália: Cavallo di Ferro Editore, 2006.

7 - *El Fogoncito*. Cuba: Editorial Gente Nueva, 2007.

O autor e sua obra

Sou mineiro de Belzonte, como bem comprovam as histórias deste livro. Nasci numa gloriosa manhã de agosto de 1944, no momento em que, do outro lado do planeta, Paris comemorava sua vitória sobre a ocupação nazista. Saí de Minas mas Minas nunca saiu de mim. Da primeira infância, no Rio, guardei a nostalgia do mar, asfixiado entre montanhas de ventre oco, abortadas pelas mãos de mineradoras multinacionais.

Fiz jardim de infância e curso primário em escolas públicas, onde aprendi que as desigualdades sociais não são um acaso da natureza. No colégio marista, em Belo Horizonte, um professor de português ousou dizer ao garoto de onze anos: "Se quiseres, serás escritor". A profecia plantou-se em mim com a força inelutável da sedução. Tornei-me ávido leitor, para aprender o ofício.

Aos treze anos, Deus me agarrou numa esquina da vida, levando-me à militância estudantil católica. Aos dezessete, vice-presidente da União Municipal dos Estudantes Secundários de Belo Horizonte, enfrentei pela primeira vez as tropas do exército na Praça Sete, em defesa do mandato de um presidente que se acovardara no poder, Jânio Quadros. Logo, indicado para dirigente nacional da Juventude Estudantil Católica, regressei ao Rio, onde impregnei-me de Cinema Novo, de bossa-nova, de CPC, da UNE e de toda uma privilegiada conjuntura brasileira na qual cultura era a arte do encontro com nossas raízes históricas e populares.

Em 1964, estudante de jornalismo no Rio, fui surpreendido pelo golpe militar. Acordei certa manhã com a ponta de uma metralhadora, do serviço secreto da marinha, encostada em minha cabeça. Passei quinze dias num quartel, à espera de uma acusação formal que nunca chegou. Descobri, então, que começara o tempo do arbítrio.

Atraído por um caso de amor, ingressei na Ordem Dominicana em 1965. Noviço numa serra mineira, aprendi o ofício de hortelão. Ano seguinte, em São Paulo, iniciei a filosofia. Como nem só da Palavra de Deus vive o homem, trabalhei como jornalista na revista *Realidade* e no jornal *Folha da Tarde*. E mergulhei na resistência à ditadura, dando apoio à guerrilha urbana.

Em fins de 1969, quando já cursava teologia, fui preso no Rio Grande do Sul, acusado de fazer contrabando de gente: encaminhar para fora do país pessoas procuradas por razões políticas. Remetido a São Paulo, fiquei dois anos entre prisioneiros políticos e dois entre comuns. Conheci o inferno e, nele, encontrei esperança. Descrevi-o em cartas, reunidas depois nos meus três primeiros livros: *Cartas da prisão*, *Das catacumbas*, e, em coautoria com Fernando de Brito e Ivo Lesbaupin, *O canto na fogueira*.

A partir de 1974, dediquei-me às Comunidades Eclesiais de Base, com a fé revigorada pela Teologia da Libertação. No barraco do morro de Santa Maria, em Vitória, onde morei cinco anos, aprendi que é melhor correr do risco de errar com os trabalhadores do que ter a pretensão de acertar sem eles. Na primavera de 1978, refugiei-me na Fazenda do Manso, em Ouro Preto, e escrevi esses contos que me povoavam a alma. No ano seguinte, foram editados sob o título *A vida suspeita do subversivo Raul Parelo*. Em 1986, foram reeditados com o título de outro conto, *O Aquário negro*.

Em 1979, a distensão lenta e gradual trouxe-me de volta a São Paulo. Vim trabalhar no ABC, com a Pastoral Operária de São Bernardo do Campo e Diadema. Para reeducar-me, tornei-me educador popular, no CEPIS e no Instituto Cajamar. Entre 1979 e 1991 perambulei por países socialistas no esforço de demonstrar que todo verdadeiro comunista é um cristão, embora não o saiba, e todo verdadeiro cristão é um comunista, embora não o queira.

Ganhei o prêmio Jabuti, pelo livro *Batismo de sangue*, e fui eleito *Intelectual do Ano* de 1985. Logo eu, que sou um trabalhador manual, tecedor de letras e lutas.

Com cinquenta e um livros publicados, alguns traduzidos em outros idiomas, guardo a certeza de que o Mistério é indizível. E apoio meu confrade Tomás de Aquino, quando afirma que a razão é a imperfeição da inteligência, pois a vida extrapola o conceito.

Frei Betto

Este livro foi composto em Minion, corpo 12/17,8.
Impresso pela Ediouro Gráfica sobre papel Pólen Bold 90g
para a Agir em setembro de 2009.